내 귀를 잘 덮고 있는 머리카락

내 귀를 잘 덮고 있는 머리카락

클레르 카스티용 지음 | 김주경 옮김

G 씨드북

차례

1. 엄마, 아빠, 나 그리고 새엄마

입 다물기. 내 규칙이다. 내 생각을 절대로 남에게 말하지 말 것, 난 여섯 살 때 벌써 그러기로 작정했었다. 새엄마인 카멜리아가 내 생각을 물어왔던 그때. 당시 우리 집엔 엄마가 키우던 갈고라는 이름의 스페인산 그레이하운드가 있었는데, 그날 카멜리아는 내게 갈고의 눈을 바라보고 있는 것보다 자기가 하는 우스갯소리를 듣고 있는 게 더 좋지 않냐고 물었다. 또 자기의 늘씬한 롱다리가 살짝 접히는 엄마의 뱃살보다 더 보기 좋지 않냐고 물었고, 권투 선수들이나 쓸 법한 자기의 거친 말이 엄마의 낡은 분홍빛 시보다 낫지 않냐고도 물었다. 결론을 내리자면, 새엄마와 나 사이에 새로운 관계가 만들어질 듯한 오늘 같은 날엔 아마 이렇게 묻고 싶을 것이다. 나무로 만든 엄마의 구식 테니스 라켓보다 자기가 입고 있는 줌바댄스 유니폼이 더 멋지지 않냐고. 그리고 틀림없이 우리 엄마의 라켓이 멋진 빈티지 제품이긴 하지만, 실력 발휘를 제대로 하긴 어려울 거라는 말도 빼먹지 않고 덧붙일 거다. 아닌 게 아니라 요즘엔 거의 보기 힘든 엄마의 테니스 라켓은 우리 엄마 같은 구식 사람이 아니면 절대로 쓰지 않는, 말하자면 유행에 뒤떨어져도 한참 뒤떨어진 구식 나무 라켓이다(하지만 난 그 어떤 라켓보다 엄마의 라켓을 좋아한다).

그때가 새엄마와 내가 처음 만난 날이었다. 아빠는 우리 둘 사이에 뭔가 통하는 게 있는 것 같다고 좋아하며 환한 미소를 지었지만, 난 카멜리아의 질문 속에 작은 함정이 숨어 있다는 걸 느꼈다. 악의 있는 질문은 아니었지만, 그래도 난 대답하지 않았다. 그리고 재차 물어왔을 땐, 대답 대신 긍정 비슷한 소리만 냈을 뿐이다. 그런데도 새엄마는 내가 애정을 표현한 거라면서 한껏 자만심에 들떠서, 의붓딸이 자기를 좋아한다고 친구들에게 자랑해온 지가 벌써 9년째다. 물론 엄마는 그런 나의 배신을 모른다. 게다가 엄마는 여전히 나를 어찌나 사랑하는지, 내가 아빠 집에서 주말을 보내고 돌아갈 때마다 그새 나를 생각하며 써놓은 시 구절들을 보여주곤 한다. 〈내 사랑하는 수진! 넌 자그마한 사랑 공장, 똑바로 나아가는 작은 배, 영원히 내 곁에 있어주길!〉 혹은 〈섬세하고 우아한 수진, 어디서나 행복하길.〉

엄마가 지은 시에 내 의견을 말했다간, 내 평안한 삶에 별로 도움이 안 될 거다. 시의 각운이 얼마나 형편없는지를 엄마에게 말하는 거나, 젊음을 유지하고 내 또래처럼 말하려고 안간힘을 쓰는 게 얼마나 병적인지를 새엄마에게 말하는 건 절대로, 결코, 정말 해선 안 될 일이다. 시카고 공항에서 샀다는 이유만으로 아빠가 엄청 자랑스럽게 여기는 앰버 토바코 향의 스킨, 거기서 찌든 담배꽁초 냄새가 난다고 아빠에게 말하는 것도 마찬가지다. 늘 빳빳한 종이에 편지를 써 보내시는 할머니에게 그 편지지가 만우절에 〈바보〉라고 써서 사람들 등에 붙이는 데 쓰기에 〈딱! 좋다〉고 고백할 수 없는 것도 마찬가지고. 물론 그럴 나이가 한참 지난 지금이라고 해서 그 편지지에다 학교생활에 대해 이런저런 이야기들을 써 보내는 일도 절대 없겠지만. 내 주변 사람들은 한결같이 다른 사람보다 자기를 더 사랑해달라고 난리다. 하지만 난 그런 데 관심 없다. 그냥 사랑하는 척만 할뿐이다. 난 우리 가족 한 사람 한 사람 모두가 내가 무엇보다도 그들을 사랑하고 있다는 걸 알아주었으면 한다. 그러나 솔직히 나의 〈작은 문제〉가 해결된 이후론 오로지 나 자신에게만 신경 쓰고 싶다. 내 꿈. 내 일상. 내 미래……. 난 내 마음의 평화를 유지하고 싶어서, 또 조용히 내 길을 가도록 가족들이 날 그냥 내버려 두게 하고 싶어서, 각자가 내게서 기대하는 꼭 그만큼의 모습만 되는 법을 배웠다. 예를 들면 아빠는 날 항상 좀 모자란 애로 취급한다. 아빠는 예전에 우리와 살 때는 나의 엄마를 자기 엄마처럼 여기더니, 지금도 새엄마를 아내인지 보모인지 헷갈리는 것 같다. 내게 〈작은 문제〉가 생겼을 때 휴전을 제안해 오긴 했지만, 어쨌든 아빠는 좀 그런 사람이다. 그 아빠 앞에서, 난 내가 세운 경기 규칙을 따른다. 내가 좀 멍청하게 구는 걸 아빠가 좋아하는지라 멍청하게 구는 것이다. 어떨 땐 나도 진실이 뭔지 가끔 궁금해지곤 한다. 내가 정말 바보인 건 아닐까 하고.

카멜리아 앞에선 별로 생각 없는 아이, 눈에 잘 띄지 않으면서도 산만한 아이처럼 군다. 그리고 엄마에겐 상냥하면서도 난폭하고, 귀찮게 달라붙으면서도 늘 맥 빠진 그런 아이다. 친구들에겐? 아, 그건 꽤 복잡하다. 때에 따라 다르기 때문이다. 좀 골치 아픈 일과 학교생활에서 벗어나 산속의 스키 캠프에서 보내고 있는 지금 이 2주가 썩 나쁘지 않게 느껴지는 이유가 거기 있다.

여기 와서 시간이 갈수록 점점 더 확실하게 깨닫게 되는 건, 내가 속한 그 작은 그룹을 정말 소중하게 여기는 건 오직 나뿐이고, 그 그룹에 충실한 멤버도 나, 수진 도메스토뿐이라는 거다. 이 사실은 절대로 누설되면 안 된다. 그래서 나 혼자만 아는 비밀로 할 참이다. 오늘 아침에 거울을 보면서 빨강, 파랑, 하양 삼색의 내 스키복이 복숭앗빛 피부와 꽤 잘 어울린다고 생각했다. 눈을 가늘게 뜬 채, 노란색 털모자를 귀까지 푹 내려쓴 모습도 귀엽게 느껴지고. 그래서 내 안에서 튀어나오려는 〈젊은 여성〉(내가 사춘기에 접어들었다는 걸 상기시키려고 새엄마가 즐겨 쓰는 표현이다)을 존중해서, 뿅뿅뿅 솟아난 작은 분화구들에게 점령 당한 내 이마를 너그럽게 받아들이기로 한다. 요 작은 분화구들 때문에, 엄마는 내게 치즈 퐁듀와 초콜릿, 과자 등을 너무 먹지 말라고 줄기차게 주의를 준다. 그러나 가끔은 갑작스럽게 나타난 이 울적한 작은 징조들이 롤러코스터처럼 순식간에 지나간 엄마 자신의 삶을 돌아보게 한다며 수줍어할 때도 있다. 그러고 보니 롤러코스터도 일종의 스키 같은 거라고 할 수 있겠다. 카멜리아와 아빠가 스키장에 가려고 날 데리러 왔을 때, 엄마가 그렇게 말했었다. 스키장은 가족용 겨울 휴양지가 있는 오수아에 있다. 아빠는 스키장에서 프리스타일 스키를 즐기고, 새엄마는 스파에 푹 빠질 것이다. 스파는 새엄마의 주요 활동이다. 우리 엄마는 아직도 스파(spa)와 S.P.A(동물애호협회)를 혼동하고, 동물애호협회도 스파(S.P.A)라는 약어를 쓰지 않고 또박또박 동물애호협회라고 부른다. 반면 새엄마는 그 차이를 너무 잘 알고 있다. 어쩌면 엄마는 그래서 아빠에게 버려진 게 아닐까? 선택을 받은 새엄마는 엄청 아낌받고 있는데…….

　말투를 들으면 내가 좀 잘난 체하는 것처럼 보이지만, 실은 전혀 그렇지 않다. 사실 난 아무것도 모른다. 아니, 한 가지는 분명히 안다. 친구들이 없으면 난 완전 꽝이라는 것. 기우는 그믐달이요, 차가운 태양이요, 물 없는 바다, 팥소 없는 찐빵에 컵 없는 사이다. 또 어떤 표현이 있을까? 좀 더 시적인 표현…… 칫! 또 하나 확실히 아는 게 있다면, 내가 스키를 무엇보다도 싫어한다는 사실이다. 특히 스키를 어깨에 멘 채 딱딱한 신발을 신고 걸어가는 건 딱 질색이다. 그래도 새엄마를 따라 스파에 들어갈 수는 없으니, 스키를 타자는 아빠의 말에 순종하는 수밖에 없다. 아빠와 난 아침마다 일찌감치 스키장으로 향한다. 카멜리아가 온몸에 긴장을 풀고 마사지를 받기 시작할 즈음, 아빠는 날 스키 교실 앞에 내려놓는다. 어렸을 때는 어린이용으로 만든 작은 울타리 안에서만 스키를 탔었다. 그런데 몇 년 전부터, 그러니까 나의 〈작은 문제〉에도 불구하고 초급과정을 뗀 후부터 코치와 함께 진짜 슬로프를 타고 있다. 지금의 코치는 자기를 선생님이라고 부르지 말고 미셸이나 장 파트릭이라는 이름으로 부르라고 한다. 그러면서 날 <애야!>라고 부른다. 스키 학교에서 만난 친구들은 나처럼 직진 활강을 하며 비교적 빠른 속도로 스키를 탄다. 우리 중에는 2주 강습이 끝난 후에 있을 시합에서 메달 따는 걸 목표로 삼은 애들도 있다. 다른 애들은, 내가 그편에 속하는데, 메달을 욕심내며 열심히 하는 애들에게 종종 야유를 보내곤 한다. 나 같은 애들이 좋아하는 건 코스를 끝낸 후에 1초라도 빨리 부츠를 벗어 던지는 거다. 아빠는 날 데리러 올 때면(올해 특히 더 뚜렷해진 증상인데) 딸과 어떻게 대화해야 할지 몰라서 이만저만 어색해하는 게 아니다. 더 심하게 말하면 아빠가 아니라, 미셸 장 파트릭 스키 코치 같다고나 할까…… 그런 중에 어쩌다 내게 말을 걸 때면, 말 안 듣는 중2병 환자, 그것도 아예 귀가 먹어서 진짜 들리지 않는 중2병 환자에게 말하듯이 몹시 큰 소리로 말한다. 아니, 그것도 정확한 표현이 아니다. 더 정확히 말하면, 약간 모자라는 귀 먹은 중학교 2학년생에게 하듯이 아주 쉬운 단어들로, 그리고 무기력하고 비실비실한 환자에게 하듯이 등을 토닥토닥 두드리면서 말한다. 아빠와 난 에르미노텔 호텔로 점심을 먹으러 간다. 그리고 거기서 오전 내내 겨울잠을 잔 덕에 기니피그처럼 뽀얗고 통통하고 행복한 얼굴을 한껏 과시하는 카멜리아를 만난다. 새엄마는 젊음을 위해 해초를 먹고, 아빠는 핫도그를 주문한다. 그렇다면 모두의 기대를 만족시키고 싶은 난 해초를 곁들인 소시지를 주문해야겠지. 특히 나의 이런 시적 재능을 폭발시켜서 이 자리에 없는 엄마를 만족시키기 위해!

"수진, 그만 생각하고 얼른 메뉴 정해라. 웨이터 아저씨가 바쁘시잖니."

그럼 그렇지, 우리 아빠는 참을성이 대단히 없다. 카멜리아가 아빠에게 한마디 한다.

"크리스토프! 좀 쿨하게 굴면 안 될까? 지금은 바캉스잖아."

처음 만났을 때만 해도 아빠는 카멜리아가 하는 충고라면, 눈썹을 살짝 올리고 호기심 가득한 눈빛으로 흥미롭게 듣고는 했었다. 하지만 지금은 전혀 아니다. 오히려 카멜리아가 하는 말들을 삐딱하게 받아들일 때가 많다. 아빠는 새엄마를 향해 당신은 뜨거운 우유에다 촉촉이 적힌 수건을 두르고 오전 내내 빈둥거리지 않았냐, 당신이 내 인생을 끌고 가려고 할 때마다 내가 받는 스트레스가 말로 다 할 수 없다, 그 문제에 대해선 나중에 다시 이야기하자 등등 몇 가지 잔소리를 해댔다. 그러자 새엄마는 누구나 자기가 〈듣고〉 싶은 방식으로 상대방의 말을 〈듣는〉 법이라고 응수했다. 그 말에 아빠는 청력이 좋지 않은 사람이 옆에 있는데, 배려 없이 〈듣는다〉는 단어를 두 번이나 썼다고 지적했다. 두 사람의 어조가 차츰 높아지기 시작하자, 난 다른 곳을 바라보았다. 소시지 접시도 바라보고, 허공도 바라보고……. 식당 안에 그 흔한 거울이라도 있으면 그걸 볼 텐데, 〈부싯돌〉이라는 이름의 레스토랑에는 나무들밖에 없다. 여길 봐도 저길 봐도 나무 천지인 덕에 금방 엄마의 나무 라켓을 떠올리게 된다. 이어서 엄마의 나무

관도 생각나고……. 그래서 난 내가 하는 말들이 노란 형광색 테니스 공처럼 엄마의 낡은 라켓 위에 살포시 내려앉길 바라면서 엄마를 향해 속으로 말했다. '엄마, 그거 알아? 난 예전에 씨앗이었고, 씨앗이기 전엔 꽃이었고, 꽃이기 전엔 연필이었다는 거.' 우아, 시적 재능의 폭발이다!

엄마는 내가 아빠를 따라 휴가지에 가면, 엽서 한 장 보내지 않는다며 불평한다. 아, 엄마가 좀 알아주면 좋을 텐데! 엄마와 멀리 떨어져 있을 때면, 나 자신이 시가 되어 엄마에게 날아가길 바라는 마음으로, 수많은 시적인 문장을 하늘로 쏘아 보낸다는 걸! 흠, 좀 멍청한 문장들이긴 하지만.

2. 내 영원한 친구, 로만과 비올레타

새엄마와 아빠는 점심 식사 후엔 대개 낮잠을 잔다. 난 두 분의 침실 옆에 딸린 작은 방을 쓰지만, 점심시간 이후엔 거의 잘 마주치지 않다가, 2시 30분쯤에야 다시 만난다. 그때 카멜리아는 다시 스파로 향하고, 아빠는 함께 스키를 타자면서 나를 부른다. 그러면 슬로프를 몇 번 오르내린 후 아빠는 스키장에 남아 계속 스키를 타고, 난 혼자 호텔로 돌아올 것이다. 그리고 가능한 머릿속에서 스키를 지워버리려고 애쓰면서, 부츠를 벗을 때 나도 모르게 욕이 나오는 일이 없도록 각별하게 신경을 쓸 것이다. 에르미노텔은 저속한 말이나 행동이 허용되지 않는 우아한 호텔이니까.

남들이 보면 책을 읽고 있는 것 같겠지만, 실은 난 읽는 척만 하는 중이다. 고민을 떨쳐버릴 수 없는 지금의 내 머리로는 큰 고래와 요동치는 바다 이야기에 도무지 집중할 수가 없다. "『모비딕』! 정말 훌륭한 책이지." 내게 그 책을 줄 때 옆에서 카멜리아가 했던 말이다. 그런 좋은 평가에도 불구하고, 난 책 속으로 빠져들지 못한다. 내 고민이 너무 큰 까닭이다. 그 고민에 비교하면 폭풍이 몰아치는 바다 같은 건 아무것도 아니다. 아무리 집채만 한 고래가 사는 바다라 해도. 고민 중일 때 난 입을 꼭 다물고 있다. 날 아는 사람들은 그런 내 습성을 다 안다. 하지만 학교에서도 거의 언제나 입을 다물고 있었기 때문에, 우리 반에서 내가 말을 걸어 볼 수 있는 애는 이제 한 명도 없다. 스키 방학도 거의 끝나가는 중인데 내가 처한 상황은 위태롭기 짝이 없다. 이 상황을 잘 해결하고 싶지만, 어떻게 해야 할지 도통 모르겠다.

로만과 비올레타. 나와 가장 친한 친구들이다. 친해진 지는 얼마 되지 않지만, 우리의 우정은 영원히 변치 않을 거라고 믿었었다. 그런 친구들이 나더러 자기들 둘 사이에서 판단을 내려달라고 했다. 그래서 난 먼저 온 친구를 위로하고, 이어서 다음 친구의 말에 귀를 기울였을 뿐이다. 사건의 앞뒤는 이렇다. 작년에 로만이 우리 반의 인기남인 톰에게 푹 빠져버렸다. 비올레타는 이미 알고 있었단다. 로만이 톰 이야기를 할 때마다 얼굴이 붉어졌었다나……. 그래도 내가 보기에, 언젠가 엄마와 같이 가다가 정비공 아저씨를 우연히 만났을 때 갑자기 발개지던 우리 엄마의 얼굴만큼은 아니었다. 그 아저씨는 최근에 엄마에게 비비앙이라면서 자기를 소개했던 남자다. 그건 그렇고, 몇 달 후에 이번엔 비올레타가 톰에게 반해버리는 어처구니없는 일이 일어나고 말았다. 하지만 올해 초까지만 해도 그건 별 문제가 아니었다. 자기가 좋아하는 남자애를 자기의 절친도 좋아하게 되었다는 게 너무 기쁜 나머지, 비올레타와 자기가 같은 남자애를 동시에 좋아하고 있다는 걸 로만이 전혀 문제 삼지 않았기 때문이다. 하지만 1년이 지나갈 즈음, 로만이 차츰 긴장하기 시작했다. 왜냐하면, 어느 날 톰이 비올레타가 입은 파란색 후드티가 예쁘다고 나탕에게 말했는데, 나탕이 그 이야기를 파콤에게 말하고, 파콤이 제레미에게 말했으며, 제레미는 바딤에게, 바딤은 오베에게, 오베는 방바에게, 그리고 방바는 라자르에게 말해버렸기 때문이다. 덕분에 톰이 비올레타의 파란색 후드티를 좋아한다는 걸 우리 반 남자애들이 전부 다 알게 되었다. 물론 로만도 그 이야기를 들었다. 그런데 로만은 파란 후드가 비올레타의 통통한 뺨을 더 강조해주기 때문에 톰이 말한 것만큼 예쁘진 않다고 비올레타에게 말했다. 그러자 비올레타가 톰에게 쪼르르 달려가 그 말을 했다. 아니나 다를까 톰은 이번에도 그 말을 나탕에게 해버렸다. 그래서 역시 똑같은 순서로 우리 반 남자애들 전부가 알게 되었고, 이번엔 여자애들까지도 로만이 질투했다는 걸 모두 알게 되었다. 배신 당하고 상처 입은 로만이 내게 도움을 청해왔다. 그때 난 입을 다물고 있었다. 뭐라고 해줄 말이 없었다. 그건 그냥 후드티일 뿐이잖은가! 어쨌거나 내가 겨우 찾아낸 말이라곤 어머…… 글쎄…… 정말? 그렇구나…… 그야 뭐…… 음…… 아마도…… 후드 같은 거, 잊어버려, 별로 중요하지 않잖아…… 대충 그런 거였다.

그때 비올레타가 우리 둘이 이야기하고 있는 장면을 보았다. 그 앤 로만과 내가 대화를 하고 있었다고 생각했겠지만, 사실 우리가 나눈 건 대화라고 할 수 없었다. 난 단지 음, 음, 하는 말만 했을 뿐이고, 로만은 내가 무슨 말이든 하지 않으면 절교해버리겠다고 협박하고 있었기 때문이다. 심지어 그 앤 나더러 용기도 없다고 비난했다. 그 말에 난 입 다물고 있을 수만은 없겠다 싶어서 겨우 한마디 했다. 어쩌면 비올레타가 네게 질투를 느낀 걸까……. 그렇게 말하고 나서 난 뿌듯한 마음이 들었다. 로만의 얼굴이 환하게 빛나는 걸 보았기 때문이다. 그리고 그 애가 내 팔을 끼고 운동장을 가로질러 기쁜 듯이 성큼성큼 걸었기 때문이다. 미모사를 곁들인 순무 샐러드, 스테이크, 감자튀김 그리고 과일 요구르트를 앞에 놓고 있을 때만 해도, 〈질투〉라는 단어는 로만과 나, 우리 둘 사이의 말이었다. 우리 둘만 아는 말. 그러나 오후 2시를 알리는 종소리가 나기 직전인 1시 55분에, 그건 어느새 비올레타의 말이 되어 있었다. 그 애는 기르던 토끼가 죽은 후로 줄곧 심리상담을 받고 있었는데, 그렇게 상담소를 다녀도 그 단어만은 좀체 소화할 수 없었던가 보다. 이상한 일이다. 상담치료 덕분에 딱딱한 껍질 속에 보호받고 있는 거북이처럼 평온한 리듬에 따라 사는 법을 알게 되었다고 평소 그렇게 자주 말했으면서……. 비올레타가 〈질투〉라는 단어를 입에 올리자, 로만이 구체적으로 말했다.

"네가 질투한다는 건 나 혼자만의 생각은 아니야. 수진에게 물어봐!"

비올레타는 몹시 궁금하다는 표정으로 날 바라봤고, 난 더듬거리지 않을 수 없었다.

"에……에엥? 뭐, 뭘? 누가? 질투?"

비올레타는 나를 죽일 것처럼 노려봤지만, 그 눈빛에 어울리는 말은 미처 내뱉지 못했다. 프랑스어가 들리는 즉시 어김없이 교실 밖으로 추방하는 영어 선생님이 때마침 들어오셨기 때문이다. 틀림없이 영어로는 어떻게 욕해야 할지 얼른 생각나지 않았을 것이다. 그래서 비올레타는 4시 30분까지 기다렸다가, 기술시간 내내 계속 되새김질하며 생각하고 또 생각한 말을 드디어 내게 내뱉었다.

"넌 네가 한 짓의 대가를 반드시 치르고 말 거야! 이제 너랑 절대로 말 안 해."

그래서 평소 엄마가 상황역전이라고 부르는 일이 발생해버렸다. 로만과 비올레타, 나의 영원한 두 친구가 다시 화해하여 한편이 되고, 난 혼자 뒤에 앉아서 그 애들 목 뒤로 늘어진 두 개의 후드를 보고 있어야 했다. 파란색 후드와 다른 색 후드. 늘어져있는 후드들은 마치 날 향해 약 오르지롱! 하며 쏙 내민 혀처럼 보였다.

물론 다른 친구들도 없는 건 아니다. 하지만 그건 다른 문제다. 비올레타와 로만이 없으면 난 정말 위험하다. 다시 불쌍한 외톨이로 돌아가는 거다. 귀가 축 처진 코커스패니얼처럼 머리카락으로 귀를 푹 덮은 채 입을 꾹 다물고 있거나, 알아들을 수 없게 입안에서 웅얼거리는 것밖엔 할 줄 모르는 아이.

"자, 기운 없는 아가씨, 인제 그만 망망대해에서 빠져나오시죠! 빨리 옷 입고, 다시 스키 타러 가야지!" 내 방의 열린 문틈 사이로 아빠가 말했다.

스키를 타러 갔다. 카멜리아도 잠옷 차림으로 함께 내려갔다. 새엄마는 내게 한쪽 눈을 찡긋했다. 그건 새엄마와 의붓딸 사이의 은밀한 공모다. 난 입을 다문 채 입꼬리만 살짝 올리는 미소로 대답했다. 그러나 속으로는 새엄마에게 부러운 눈길을 보내거나, 하늘을 쳐다보며 한숨을 내뱉고 싶은 마음이 굴뚝같았다. 하지만 그랬다간 아빠가 오히려 슬로프를 두 번 더 타자고 할까 봐 꾹 참기로 했다. 새엄마와 아빠가 엘리베이터 앞에서 입을 맞췄다. 두 사람은 사람들 앞에선 늘 조심하는 듯하다. 그래, 키스 정도는 괜찮지. 난 입을 다문 채 두 사람이 입술을 뗄 때까지 기다린다. 난 참을성을 배웠다. 특히 늦은 밤에 아빠와 새엄마가 미래의 삶을 상상하는 이야기를 주고받을 때가 그렇다. 시내에서도 바비큐 요리가 가능한 테라스가 딸린 아파트를 구해볼까 어쩔까, 지금처럼 교외 아파트가 나을까 어떨까 등등…….

에르미노텔 식당에 파티 포스터가 붙어 있었다. 새엄마가 스파를 즐기러 지하실로 내려가다 말고 급히 팻말을 읽었다. 〈가라오케 파티에 이어서 벌어지는 부싯돌 파티〉.

"부싯돌 파티가 뭐지?" 새엄마가 아빠에게 묻는다.

"안 가도 된다는 뜻이지."

카멜리아가 팔꿈치로 아빠를 툭 치면서 내게 물었다.

"어때, 여성 동지끼리 갈래?"

난 입을 다문다. 종종 새엄마에게 미소를 짓고 싶을 때가 있지만, 또 한 번 꾹 참는다.

그리고 대답 대신, 머리카락이 내 귀를 잘 덮고 있는지 확인해본다.

3. 그리고 톰

엄마 빼고 무용, 수학, 스페인어, 체조, 역사, 프랑스어 선생님들도 제외하면, 내가 관계를 맺고 있는 유일한 여자는 카멜리아다. 사실 절친이라고 믿었던 애들과 껄끄러운 관계가 된 지금으로선, 마흔한 살(정신연령은 열한 살이다)의 새엄마를 내 삶에서 제외시킬 수 없는 처지다. 비록 오늘 밤 호텔 가라오케 파티에 참석하려고 핑크색 가죽 미니스커트를 입고 나타나긴 했지만. 스커트가 너무 짧다는 뜻으로 〈가죽 벨트〉가 좀 안 어울린다며 아빠가 넌지시 비꼬았지만, 새엄마는 아빠 말을 이해하지 못했다. 하기야 새엄마가 아빠 농담을 이해하지 못한 게 이번만은 아니다. 게다가 평소 아빠는 카멜리아의 치마 길이에 대해서는 거의 태클을 걸지 않는다. 그래서 새엄마는 치마 색깔을 트집 잡는 거로 생각해서, 이렇게 말했다.

"크리스, 이건 핑크색이 아니야. 밝은 빨강색이라고."

나 역시 가끔 복장에 신경을 쓸 때가 있다. 난 아빠가 새엄마만 보고 있으면 샘이 난다. 아빠가 새엄마의 태도가 못마땅해서 옆 눈으로 흘겨보는 거긴 하지만. 그래도 난 옷차림에 대해 새엄마와 슬쩍 경쟁을 시도할 때가 있다. 그때마다 새엄마는 그런 나의 시도에 언제나 지

원을 아끼지 않는다. 오늘 밤에도 나더러 머리에 머플러를 둘러보라고
제안했고, 립글로스와 마스카라까지 빌려주었다. 하지만 오늘 밤 난
딴생각으로 가득 차 있다. 스키 방학이 끝나면 다시 학교로 돌아가
야 하는데, 그땐 완전히 혼자가 될 것이다. 혼자 운동장에 앉아 있는
나를 상상하면, 그리고 어느 편에 서야 할지 몰라 어정쩡하게 있는 내
게 쏟아질 시선들을 예상하면, 온몸이 바짝 얼어버리고 만다. 예전처럼
다시 둘도 없는 친구 사이가 된 로만과 비올레타는 벌써 우리 반 여자
애들에게 나는 빼고 자기 둘만 다시 편 먹기로 했다고 말하고 다닌 걸
나도 알고 있다. 이제부턴 자기들 둘이 한 편이고, 난 혼자라고……

에르미노텔 홀의 열기는 대단했다. 노래에 완전히 빠져서 마이크를
독점하고 있는 새엄마는 바에 팔꿈치를 괸 자세로 여전히 옆 눈으로
꼬나보고 있는 아빠의 기분을 즐겁게 해주려고 애썼다. 착하고 맹한
딸인 나는 얼굴을 약간 비스듬히 한 채, 금방 뽀뽀라도 할 것처럼 뾰
로통한 뾰족 입술을 하고 아빠에게 다가갔다. 그러자 아빠가 내 어깨
에 손을 얹었다. 그때 카멜리아가 무대 위에서 우리를 향해 〈까꿍〉을
했다. 사회자가 새엄마의 놀라운 활약을 칭찬하자, 얼마나 뿌듯해하
던지! 새엄마는 벌써 마이크를 포기해야 한다는 게 못내 섭섭했는지,
다음 노래에 도전하는 새 그룹에 슬쩍 끼었다. 하지만 노래는 하지 않
고 윙크를 하면서 리듬에 맞춰 몸만 흔들었다. 엄마 생각이 났다. 엄마
는 화요일마다 합창반에 간다. 아빠가 떠난 이후로 엄마는 합창에서
즐거움을 찾았다. 합창이 마음껏 소리를 지를 수 있게 해주기 때문이

란다. 엄마는 가곡과 다양한 노래들을 부른다. 하지만 허리를 흔들거나, 한쪽 다리에만 체중을 싣고 다른 한 다리를 흔드는 건 엄마에겐 결코 있을 수 없는 일이다. 난 종종 엄마더러 합창반 사람들과 어울리기도 하고, 합창이 끝나면 술도 한 잔씩하고 오라고 권한다. 친구들과 사이가 벌어지기 전까지는, 엄마가 합창반에 가고 없을 때마다 로만과 비올레타에게 연이어 오랫동안 전화할 수 있어서 좋았다. 하지만 이젠 엄마가 집을 비우는 것도 내겐 무의미하게 되었다. 아빠와 엄마가 서로 사랑하던 때의 사진을 보려고 엄마의 앨범을 뒤적거려 볼 마음도 나지 않을 것 같다. 그래도 엄마가 좋은 사람들과 산책도 하고, 즐겁게 지내고 온다면 엄마가 행복했다는 것 때문에 기쁠 거다.

아빠가 빨리 방으로 올라가지 못해 안달하듯 말했다.

"수진, 스피커 주위에서 좀 떨어져 앉아, 알았지? 귀청 떨어질라. 카멜리아가 한두 곡만 더 부르게 기다렸다가, 자러 올라가자. 오케이?" 아빠가 말했다.

난 입을 다문다. 그건 두 사람이 알아서 할 일이지, 내가 결정 내릴 사안이 아니다. 당치도 않은 일이지. 그런 건 내 사전에 없다. 카멜리아는 계속 노래하고 싶어 하고, 아빠는 그걸 지겨워한다. 그러니 아빠는 아무래도 혼자 방으로 가야 할 거다. 하지만 난 안다. 내가 아빠에게 절대로 그렇게 말하지 못할 거라는 걸. 내 뜻? 난 아무 생각이 없다. 그때 핸드폰이 진동했다. 보나 마나 엄마가 보낸 두세 줄의 문자일 거다. 친구들에게서 온 문자일 리가 없지. 빙고! 역시 엄마다. 〈나의 수진,

혹시 지금 우울한 건 아니지? 항상 네 곁에 엄마가 있다는 걸 기억해
줘.〉

　지금의 나를 기쁘게 해줄 수 있는 건, 오직 친구들의 문자뿐이다.
눈을 감는다. 이 가혹한 상황이 급 반전됐으면 좋겠다. 다시 눈을 떴
을 땐, 갈등 같은 게 우리 우정을 깨는 일은 결코 없었으면 좋겠다. 하
지만 속상하게도! 며칠 전부터 비올레타나 로만이 보내는 문자에는 〈
절대로〉, 〈영원히〉, 〈결코, 용서할 수 없는〉 같은 끔찍한 표현들로 도
배되어 있다. 그런 글을 보는 게 얼마나 마음이 아프던지, 핸드폰에서
친구들의 이름을 아예 삭제해버렸다. 그래서 그 애들이 문자를 보내
면, 창에 발신인 전화번호만 뜬다. 그래, 차라리 익명이 더 낫지.

　기다리다가 지친 아빠가 마침내 승강기 쪽으로 걸어가고, 그걸 본
카멜리아가 얼른 아빠를 따라가서 말했다.
　"크리스, 올라가서 먼저 자요. 조금 있다가 우리도 올라갈게!"
　아빠가 고개를 끄덕였다. 그래도 너무 늦진 마라, 수진, 내일 스키
를 타야 하니까, 하면서. 그래서 난 새엄마와 둘이 남게 되었다. 하지
만 나도 내가 정말 여기 있고 싶은 건지, 확신이 서지 않는다. 그렇다고
내 방으로 올라가고 싶은지 그것도 잘 모르겠다. 사실 난 그 어디에
도 있고 싶은 마음이 없다.
　"어라! 수진 아니야?" 등 뒤에서 누군가가 큰 소리로 말했다. 몸을
돌리자, 거기 톰이 서 있었다.

톰 콩브 다비드. 우리 반에서 알파벳순으로 바로 내 앞에 있는 아이다. 콩브의 C 다음에 바로 도메스토의 D가 있기 때문이다. 톰은 평소와 다름없는 얼굴이다. 반면 놀라서 얼이 빠진 내 얼굴은 틀림없이 물주전자처럼 멍청해 보였을 것이다. 마침 아빠가 저녁 식사 내내 물병과 물주전자와 물항아리의 차이점을 설명한 덕에, 난 지금의 내가 물주전자라는 걸 확신할 수 있다. 머리 위에 묶고 있는 머플러 때문에 더욱 그렇다. 톰은 스키장 숙소에 머물고 있는데, 가라오케의 밤을 보려고 일부러 에르미노텔에 왔다고 했다. 내가 새엄마와 함께 왔다고 말하려는데, 스피커에서 들려온 날카로운 금속성 소리 때문에 말을 중단했다.

"네 스웨터 정말 예쁘다." 톰이 말했다.

난 후드 달린 스웨터를 입고 있었다. 파란색. 나도 머리칼을 바짝 세운 톰의 헤어스타일에 대해 뭔가 화답해주고 싶었지만, 그냥 내가 세운 원칙대로 입을 다물기로 한다.

남자애들을 그다지 거북스러워하진 않는 편이지만, 여자애들을 대할 때와 마찬가지로 조심은 한다. 지금은 좀 복잡한 상황이다. 그도 그럴 것이, 얼마 전까지도 나와 제일 친했으나, 지금은 날 너무 싫어하는 로만과 비올레타가 푹 빠진 문제의 그 남자애와 함께 있으니 말이다. 그 애를 어떻게 대해야 좋을지 모르겠다. 하지만 톰은 나와는 달리 아주 자연스러워 보인다. 그 앤 지금 로만이 좋아하는 헤어스타일

을 하고 있다. 머리 윗부분만 살짝 올려서 젤을 바른 스타일. 머리 밑
부분까지 젤을 바르는 건 비올레타가 좋아하는 스타일인데, 로만은
그런 머리를 한 톰은 너무 느끼해 보인다고 했다. 나? 내겐 이 스타일
이나, 저 스타일이나 모두 아메리카 너구리처럼 보일 뿐이다. 그건 엄청
피곤해 보이는 사람에게 엄마가 쓰는 표현이다. 톰은 자꾸 이마 위로
흘러내리는 앞머리를 계속 쓸어 올렸다. 어깨를 웅크리고 있는 자세가
마치 가슴이 없는 사람처럼 보이고 싶은 모양이다. 아니면 가슴둘레를
적어도 22센티미터 정도는 줄어 보이게 하고 싶은 건가……. 톰이 나
더러 자기 친구들이 있는 데로 가자고 했다. 그러고 보니 스피커 가까
운 쪽에 내 또래 아이들 몇 명이 모여 있었다. 여자애 두 명과 남자애
한 명. 톰이 끼면 여자 둘, 남자 둘이다. 여자애들은 내가 끼어드는 걸
별로 반기지 않았다. 그 애들 이름은 시빌과 비앙카라고 했다. 「비앙
카와 베르나르의 모험」이라는 만화가 생각나서, 그럼 남자애 이름은
베르나르냐고 묻고 싶었지만, 그런 농담은 우리 아빠 같은 아재들에게
나 통할 것 같아서 입을 다물었다. 남자애도 자기를 소개했다. 바르나
베. 난 여자애들에게 내 이름을 두 번이나 말해줘야 했다.

"내 이름은 수진이야."

"수, 뭐라고?"

"수진."

"수잔이 아니라, 수진? 정말?"

새엄마가 리샤르 코시앙트의 〈태양 빛〉을 부르려고 다시 마이크를

잡았을 때, 난 내 이름에 얽힌 이야기를 시작했다. 나처럼 말이 없는 사람에겐, 이름이 엉뚱하게 바뀐 사연이 대화를 시작하는 좋은 실마리가 될 수 있다.

4. 수잔 대신 수진

　수진 도메스토. 내 이름이다. 새 친구들은 아마 자기들끼리만 있을 때는 도메스토라는 성도 좀 이상하다고 수군댈 게 분명하지만, 어쨌든 지금은 이름 이야기만으로도 만족할 거다. 난 도메스토가 화장실 변기를 닦는 약품 이름이라는 걸 가능한 오랫동안 숨길 생각이지만, 수진이라는 이름에 관해선 아무 수치심 없이 곧잘 솔직히 말할 수 있다. 그 복잡한 과정을 이야기하자면 이렇다.

　우리 엄마는 어느 일요일 아침 생트 펠리시테 병원에서 나를 낳았다. 그날 조산부가 가슴께에 있는 윗주머니에 볼펜을 넣고 있었는데, 그날따라 볼펜 잉크가 새고 있었다. 그녀는 분만실 칠판 위에 나의 출생 시간과 몸무게를 적으면서 내 이름도 함께 썼다. 아마도 그땐 〈수잔〉이라고 바르게 썼을 게 틀림없다. 그런데 윗주머니에서 계속 볼펜 잉크가 새어 나오는 바람에 아빠의 눈길이 계속 그 주머니를 향하게 되었다. 후에 내 이름이 잘못되었다고 엄마가 불평했을 때 아빠가 엄마에게 이야기한 바에 의하면 그렇다. 아무튼, 조산부의 하얀 가운에 만들어진 잉크 얼룩은 점점 번지더니 I자를 만들었다. 위에 점이 찍히지 않은 수직선. 엄마는 14시간 진통 끝에 막 나를 낳은 참이었다. 더 정확히는 14시간 하고도 40분이야, 아빠는 항상 그렇게 말한다. 그러면 엄마는 첫 아이치곤 많이 걸린 게 아니라고 대꾸한다. 어쨌든 아빠는 완전히 녹초가 된 상태에서 출생신고서에 내 이름을 기록했다. 그래서 오락가락하는 정신에, 칠판 위에 적힌 내 이름의 첫 세 철자 Suz를 읽고, 조산부의 블라우스 가슴 위에서 다음 철자인 i를 읽은 후에 마지막 철자 두 개는 또 칠판에 쓰인 것을 읽었다. 그것도 n자를 하나 빠뜨린 채. 왜 n자 하나가 빠졌는지는 설명조차 하지 않았다. 그래서 난 수잔(Suzanne) 대신에 수진(Suzine)이라는 이름을 갖게 되었다. 순전히 아빠가 다른 여자의 가슴을 곁눈질하다가 벌어진 일이다.

엄마는 그 이름에 익숙해지는 데 꽤 시간이 걸렸다는데, 새엄마는 날 처음 만났을 때 벌써 모든 장애물을 뛰어넘고 단숨에 〈수즈〉라는 애칭으로 불렀다. 아빠는 그 이름 사건에 대해 한 번도 내게 사과하지 않았고, 본인의 실수를 뉘우친 적도 없다. 내 생각엔 아빠와 엄마가 내 이름 때문에 이혼한 것 같다. 사실 수잔은 엄마의 외할머니 이름이다. 내겐 외증조할머니인 그분은 아주 온유하고 착한 분이셨으며, 엄마에게 치즈 수플레를 잘 만들어주셨다고 한다. 그러면서 나와 아빠가 그분을 모르는 게 몹시 유감이라고 했다. 그런저런 이유로 엄마에게 수잔이라는 이름은 아주 중요한 이름이었다. 그러니 아빠가 본인의 실수에 조금이라도 미안한 마음을 느껴주길 바랐을 것이다.

"내가 당신 외할머니는 모르지만, 수진에 대해선 누구보다 잘 알게 될 테니까 그걸로 됐잖아." 아빠는 그렇게 자기 실수를 얼렁뚱땅 넘겨버렸다.

시간이 지나면서 상황은 잠잠해졌다. 마침내 엄마는 마치 한 번도 이름 때문에 아쉬웠던 적이 없었던 것처럼, 수진이라는 이름이 세상에서 가장 예쁜 이름이라고 진심으로 믿는 오늘에 이르게 되었다.

난 새로 사귄 친구들 앞에서 재미있게 결론을 내리고 싶었다. "말하자면 수잔으로 지으려고 했는데, 그만 수진이 되어버린 거지. 아빠가 출생신고서에 내 이름을 기록할 때, 철자를 또박또박 부르는 엄마의 입술보다 조산부의 가슴을 더 쳐다봤던 덕분이야."

아, 이런! 이와 똑같은 분위기를 경험한 적이 있다. 언젠가 겪었던 듯한 데자뷔의 느낌은 우울감이나 피곤함의 징조다. 어쨌든 내 이야기가 이번에도 실패했다는 거다. 내 이름에 얽힌 사연을 이야기할 때마다, 부득이하게 허공으로 뛰어내려 어쩔 수 없이 착륙하는 기분이다. 다른 애들 표현에 따르면 〈찌그러들었다〉고 할까……. 난 찌그러들고 말았다. 비앙카와 시빌은 이미 오래전에 자리를 떠나 록음악의 리듬에 맞춰 가볍게 몸을 흔드는 중이고, 바르나베는 아무것도 못 들었다는 듯한 표정으로 날 향해 영혼 없는 미소를 짓고 있었으니까! 아마도 그의 귀 양편에 스피커가 있어서 그랬을지도 모른다. 하지만 톰은 불만스러운 모습으로 터덜터덜 걷고 있던 우울증 환자가 갑자기 기분이 확 바뀐 것처럼, 잔뜩 웅크렸던 등을 곧추세우면서 말했다.

"그럼 넌 수잔이라는 이름을 더 좋아했겠구나? 그래서 괴로웠어?"

"괴로웠냐고? 왜?" 내가 물었다.

"독특한 이름을 가진 것 때문에 말이야."

그것 때문에 괴로웠냐고? 정말 이상한 질문이잖아! 난 한번도 내이름을 그런 시각으로 생각해 본 적이 없다. 톰은 자기 질문의 뜻을 정확히 이해하도록 도와줄 요량으로 상세하게 말했다.

"사실 수진은 흔한 이름이 아니잖아. 하지만 예쁜 이름이야. 음악적이지. 어쨌든 난 그 이름이 좋아." 톰이 미소 띤 얼굴로 설명했다.

그리고 덧붙였다.

"아무튼, 로만이나 비올레타 같은 이름보다 훨씬 예뻐!"

오싹! 강한 전율이 내 몸을 훑고 지나갔다. 로만? 비올레타? 내 앞에서 톰의 입을 통해 나온 말이 로만과 비올레타라고? 아니, 이 자식은 왜 지금 이 시간에 그 물주전자들(아니 물병이 낫겠다, 그 애들은 머리 위에 머플러를 동여매고 있지 않았으니까)에 대해서 말하는 거지? 이쯤에서 난 다시 내 방식대로 입 다물기를 실시하기로 했다. 애들아, 난 그만 자러 갈래. 내일 아침 일찍 스키를 탈 거거든. 안녕! 그리고 카멜리아를 향해 돌진했다. 새엄마는 무대를 부술 기세로 쿵쿵 뛰면서 노래 부르던 걸 막 끝낸 참이었다. 내가 달려가서 손을 꽉 잡자 깜짝 놀란 것 같았다. 새엄마는 나와 함께 승강기를 향해 걸어가면서 계속 노래를 불렀다. 톰이 내 뒤를 쫓아왔다. 그러고는 내일 저녁에도 여기 올 거냐고 물었다. 내가 당황해서 허둥지둥 고개를 끄덕이자, 새엄마가 천천히 여유 있게 대신 대답했다.

"물론이지, 내일도 올 거야! 그렇지, 수즈?"

"감사합니다, 아주머니." 카멜리아를 엄마로 오해한 톰이 대답했다. "그럼 내일 저녁에 만나! 잘 자, 수진!"

"수즈, 난 네가 승낙한 거로 생각했어. 맞지?" 카멜리아가 말했다.

엘리베이터 안에서 새엄마는 내가 가라오케에 빠진 자기를 구원해줬다면서 고마워했다.

"난 일단 시작했다 하면, 〈누텔라〉를 먹을 때처럼 절대로 멈추질 못하거든! 그런데 그 남자애는 누구니? 착한 애야?"

"톰이라고, 학교 친구예요."

"착해?"

난 나의 입 다물기가 전혀 통하지 않는 사람이 있다는 걸 알았다. 카멜리아! 새엄마는 내게 무려 스물네 번이나 연속해서 〈'착한 애야?'〉하고 물어볼 수 있는 사람인 데다가, 침묵도 대답이라는 걸 절대로 인정하지 않는 유일한 사람이다. 새엄마에게라면 나도 입을 다물고 있을 이유가 없다. 그 앞에선 복잡한 문제도 마치 레드카펫처럼 도르르 풀리는 일들이 이미 몇 번이나 있었으니까. 그때마다 새엄마는 내 고민 따윈 단 한순간도 존재할 수 없음을 약속한다는 듯이, 쫙 펼쳐진 레드카펫 위로 경쾌하고 민첩하고 당당하게 걷는다. 그리고 수천 가지의 매력적인 일들을 내게 약속한다. 지난번만 해도 내가 이빨을

뽑으러 가야 했을 때, 새엄마는 이렇게 말했었다. "내 말 믿어, 수진. 오십 살이 되면 이런 시련쯤은 기억조차 못할 정도로 훨씬 더 힘든 일을 수도 없이 경험하게 될 거거든."

5. 아빠와 톰

"무릎!" 내가 스키 학교에 늦는 바람에 어쩔 수 없이 나랑 함께 스키를 타게 된 아빠가 화가 나서 소리를 질렀다. 내가 속한 오전반은 이미 출발하고 난 뒤였다. "당연히 제시간에 떠났겠지." 아빠는 몇 번이나 강조했다. 오, 제발, 아바마마! 오후반 수업에 들어가도 되는데, 꼭 그렇게 강조하실 필요까지 없지 않사옵니까! 아빠는 날 리프트에 태우면서 오늘 밤부턴 훨씬 더 일찍 잠자리에 들라고 명령했다. "그냥 놀기만 하라고 있는 바캉스가 아니란 말이야." 내 취향엔 너무 안 맞는 농담이다. 그래도 아빠는 자신이 한 충고에 몹시 흐뭇해하면서 주위에 있는 사람들도 들었는지 둘러보며 확인했다. 그 순간 온몸에 진흙을 바른 채 편안하게 누워서, 어제 부르던 노래들을 흥얼거리고 리듬에 맞춰 스트레스를 날려 보내고 있을 새엄마가 정말 부러웠다. 그새 난 아빠로부터 약해빠진 아이라는 말을 벌써 두 번이나 들었고, 온갖 명령의 총탄 세례를 받아야 했다. "등을 더 웅크려, 달걀처럼 둥글게 만들란 말이야, 아니지, 아니지! 그건 전혀 달걀형의 자세가 아니잖아! 무게를 전부 스키에 실어야 한다니까! 몇 번이나 말했잖아!" 세상 아이들은 모두 다 운이 좋은 거다. 우리 아빠가 스키 코치가 아니라서! 미셸 장 파트릭도 좀 괴짜지만, 우리 아빠보단 훨씬 참을성이 많다. 아빠는 내가 아빠보다 빨간 가죽점퍼를 입은 코치를 더 좋아한다는 걸 이제야 짐작한 것 같다. 조금 전부터 좀 조용해지고, 잔소리도 줄어든 걸 보면. 게다가 말투도 왠지 조금 기운 빠진 할아버지 같아졌다. "수진, 아빠를 쳐다보면서 말을 들어야지. 눈과 귀를 동시에 사용하라고! 다운! 폴 꽂고! 업!" 난 아빠를 쳐다보고, 아빠가 하는 말을 들으면서, 아빠가 점점 더 엄마의 시를 닮아간다고 생각했다.

드디어 아빠가 스키장 정상에 있는 휴게소에서 코코아 한 잔을 사주는 것으로 고된 스키 수업이 막을 내렸다. 이제 드디어 스키를 벗을 수 있게 되었다, 이렇게 기쁠 수가! 다른 사람들의 스키랑 헷갈리지 않고, 특히 스틱만 잃어버리지 않으면 된다.

아빠가 만족스러운 표정으로 산을 바라보았다. 꼭 자신이 만든 작품을 바라보며 행복해하는 사람 같다. 누가 봤으면, 아빠가 산을 쌓고, 그 위에 눈을 뿌리고, 푸른 하늘에 염소처럼 생긴 구름을 포함해서 세 점의 깃털 구름을 걸어 놓은 줄 알았을 거다. 누가 봐도 이보다 더 자랑스러울 순 없다는 표정이다. 저런 모습이 바로 엄마가 이야기하던 〈네 아빠의 자기만족〉이라는 것이겠거니 생각했다. 청소년기에 접어들기 시작하면서부터, 내겐 아빠의 자기만족이 더는 아빠의 장점으로 여겨지지 않는다. 전엔 아빠가 정말로 주변 경관에 대해 깊은 책임감을 지닌 사람이라고 생각했었다. 그런데 지금은 아빠에게서 보기 거북한 것들이 점점 더 많이 발견된다. 예를 들면 난 아빠가 농구화를 신을 때가 싫다. 아빠를 좀 덜 권위적인 남자로 보이게 하려고 새엄마가 사준 거라는 건 알지만……. 농구화는 확실히 아빠의 발걸음을 바꿔놓았다. 그런데 보기 괴로운 건, 농구화를 신을 때마다 마치 농구화를 신고 걷는 게 경쾌한 삶을 가져다주기라도 한다는 듯이 미소를 짓는 모습이다. 두말할 필요도 없이 가짜 미소다. 게다가 농구화를 신는다고 해서 아빠가 사사건건 나를 나무라는 습관이 그치는 것도 아니다. 심지어 내게 〈작은 문제〉가 있었을 때도, 아빠는 〈여기 넘어가면 큰일 나!〉 하면서 나를 예의주시하는 듯한 눈길로 번번이 내가 가는 길 양옆을 우뚝 막아서곤 했다. 난 아빠가 〈지금부터 네게 설명하려는 건 말이다〉라는 말로 뭔가 설명을 시작할 때가 싫다. 내가 좋아하는 노래를 놀리듯이 부르는 것도 싫고, 내 이마에 난 작은 분화구들을 뚫어지라 쳐다보면서 주저하지 않고 그걸 지적할 때가 너무 싫다. 아빠가 스키 타는 걸 가르쳐줄 때도 싫고, 아빠와 단둘이 휴식 시간 갖는 것도 싫고, 그 순간을 부녀가 은밀히 통하는 시간으로 만들려고 하는 것도 싫다. 끝으로, 내가 〈대놓고 반항하는 것도 아니면서 아빠에게 너무 입을 다물고 있다〉면서 이해하려는 노력은 조금도 없이, 작정하고 날 나무랄 때가 정말 싫다.

"기껏 아빠가 한마디 했는데, 대답이 없으면 대체 뭐 하자는 거냐? 내 말이 듣기 싫으면 듣기 싫다고 말을 하면 될 거 아냐! 좋아, 네가 나랑 말하고 싶은 것 같지 않으니까, 아예 둘 다 입 다물자. 됐지?"

난 누가 날 몰아붙일 때가 정말 싫지만, 그래도 핫도그는 정말 좋아한다. 그런데 불행하게도 지금은 점심시간이 아니다. 그래서 후딱 먹어치우고 다시 출발해야 한다! 장갑. 스키. 스틱. 헉! 에쿠쿠쿠. 어디 뒀더라……. 아이쿠야, 누가 내 스틱을 가져간 게 틀림없다. 확실해. 그렇다고 〈누가 내 스틱을 훔쳐갔어요!〉라고 말하면, 아빠가 그 말을 믿어줄까! 아빠는 어느새 10미터나 앞서가 있었다. 아빠를 보니, 내가 아주 싫어하는 표정은 아니지만…… 어쨌거나 아빠에게서 곧잘 보는 표정인데, 빠릿빠릿하게 따라오지 못하는 사람들을 향해 바보 같으니라고, 너무 느려터졌잖아! 라고 말할 때의 바로 그 표정이다. 스틱을 찾아 손에 쥐었다 해도, 그다음엔 또 스키를 찾아야 할 판이다…….

"안녕, 수진!" 두 눈 위로 머리털이 찰싹 붙은 남자애가 부른 소리다.

"톰!"

기쁨으로 환해진 내 모습은 순전히 아빠를 의식해서 나온 거다. 내가 처음 보는 남자애와 말하고 있는 걸 본다면, 아빠는 틀림없이 당황하는 모습을 보이지 않으려고 표정을 바꾸고, 조바심을 늦출 거기 때문이다. 아빠가 내 나이에 대해, 남자애들에 대해, 그리고 내 또래들에 대해 눈뜰 수 있게 해준 건, 또 약간 촌스러운 아빠의 농담이 내 또래에겐 전혀 먹히지 않는다는 걸 깨닫게 해준 건, 두말할 필요도 없이 카멜리아다. 난 톰에게 스키를 찾고 있다고 설명한 뒤, 아빠에겐 아무 문제 없다는 걸 보여주려고 활짝 웃었다. 사실 모든 게 별문제는 없다.

아니 거의 그렇다. 톰이 이렇게 물어올 때까지는.

"같이 스키 탈래?"

"난 아빠랑 같이 왔어, 아빠에게 가봐야 해……."

"그럼 너희 아빠랑 너랑 함께 스키 타도 돼?"

그때 아빠가 다가왔다. 스키를 신고서 살금살금. 그리고 〈핀트에서 벗어나지 않고 구닥다리 같아 보이지 않으려면, 요즘 애들에겐 어떻게 말을 걸어야 하지?〉라는 식의 질문 같은 건 조금도 염두에 두지 않고, 망설임 같은 건 눈곱만치도 없이 큰 소리로 말했다.

"내 딸에게 수작 걸고 있는 이 청년은 대체 누구야?"

으악! 최악이다! 난 기절하기 일보 직전이었다. 이러니 입을 다물 수밖에……. 그런데 톰이 대답했다.

"안녕하세요, 아저씨? 저는 톰이라고 해요. 수진과 같은 학교에 다니는데, 어제 에르미노텔의 가라오케 밤에 갔다가 만났어요. 와아! 아저씨, 트윈팁 스키를 갖고 계시네요! 짱 멋져요! 전 오늘 아침에 혼자 왔는데, 함께 스키 타도 돼요?"

6. 달걀처럼 몸을 웅크려!

넌 기적의 규칙을 믿니? 아빠에겐 아들이 있는 게 더 좋았을 뻔했다고 말했을 때, 새엄마가 내게 물었던 말이다. 솔직히 아빠는 톰과 함께 있는 게 몹시 편하고 좋았던 것 같다. 그래서 아빠와 나 사이의 문제는 내가 어쩔 수 있는 게 아닐지도 모른다는 생각이 들었다. 딸. 난 뭐가 문제인지 이해될 것 같다. 말하자면 아빠는 여자애들이 성가신 거다. 여자애들과 있으면 짜증이 나고, 피곤한 거다. 확실히 난 아빠에게 입의 혀같이 구는 애가 아니다. 내가 만일 사내아이였다면, 더욱이 스키를 잘 타는 애였다면, 아빠는 지금보다 내게 더 자연스럽게 말했을 거고, 그 많은 사람 앞에서 나더러 몸을 달걀처럼 만들라고 소리치지도 않았을 것이며, 수진이라는 이름을 지어주지도 않았을 거다. 우리는 정각 오후 1시에 점심을 먹으러 가지 않고, 2시나 되어서 에르미노텔에 도착했다. 카멜리아는 초조해하고 있었다. 해초를 빨리 먹고 싶어서가 아니라, 눈밭을 보며 식사할 수 있는 〈자기〉 테이블을 웨이터가 혹시 다른 가족에게 주었으면 어쩌나 하는 생각에 불안했기 때문이다. 그런데 아빠는 마치 열두 살짜리 소년처럼, 스키를 타면서 보낸 오전 시간이 얼마나 재미있었는지 계속 이야기했다.

"카미, 정말 재미있었어! 슬로프에서 톰을 만났는데, 이 녀석이 호감이 듬뿍 가는 멋진 놈이더라고. 아, 글쎄, 나보다도 스키를 더 잘 타는 거야. 그 녀석하고 스키를 타는 게 얼마나 재미있던지! 안 그러니, 수진? 게다가 이 녀석이 나의 트윈팁 스키를 알아보더라니까!"

카멜리아가 내 표정을 살폈다. 태양에 그을려 붉은 공처럼 보이는 신이 난 아빠의 표정과 달리, 내 표정은 시무룩했기 때문이다. 아빠는 자기 식사를 대신 주문해달라고 부탁하곤 화장실로 향했고, 우리는 카멜리아가 늘 앉는 구석 자리로 가서 앉았다. 새엄마는 〈자기〉 테이블을 남겨둔 웨이터에게 아주 확실한 눈 윙크로 고마움을 표시했다. 난 톰과 함께 스키를 탔다는 것과 어제 만났던 그 남자애가 바로 톰이라는 걸 말해주었다.

"내가 도와줄 일 없니?" 카멜리아가 물었다.

그래서 난 톰과의 문제를 이야기했다. 톰은 나랑 제일 친한 친구 두 명이 모두 좋아하는 남자앤데, 그 여자애들이 지금 나랑 말을 안 하고 있다고. 그래서 개학하면 틀림없이 톰이 내가 이랬느니, 저랬느니 하면서 개들에게 내 이야기를 할 게 뻔하기에, 여기서 톰과 함께 다니는 게 몹시 거북하고 신경 쓰인다고. 난 내 친구들이 말했던 〈못 됐다〉라든가 〈멍청하다〉같은 말은 피했다. 때론 자세한 내용은 생략하는 편이 나을 때가 있는 법이다. 난 그 애들이 날 비난하는 내용에 대해선 입에 올리고 싶지 않았다. 그것들을 입 밖으로 내놓는 순간 내 가슴에 깊이 새겨질까 봐 두려운 건지도 몰랐다. 다행히 카멜리아도 자세히 묻지 않았다. 그저 이렇게만 말했을 뿐이다.

"수즈, 넌 기적의 규칙이란 걸 아니?"

난 기적의 규칙이 뭔지 모른다. 하지만 기적이나 마법에 어떤 구체적
인 규칙이 있다는 게 마음에 들었다. 카멜리아는 기적이란 저절로 오는
게 아니라고 설명했다. 톰과 같은 스키장에 있다는 건 분명히 기적이지
만, 기적의 규칙에 따른 진짜 기적은 톰이 나랑 제일 친한 친구들 두
명과 사랑에 빠졌듯이 이번엔 틀림.없이. 나와 사랑에 빠지는 거라고
했다.

"누가 봐도 그건 명백한 거야! 그렇게 빤한 걸 정말 모르겠어? 시력
이 어떻게 된 거 아니니, 수즈?" 카멜리아가 웃음을 터뜨렸다.

"수즈 시력이 어떤데? 근시야?" 화장실에 다녀온 아빠가 앉으며 물
었다.

카멜리아는 대답하지 않았다. 여자들 사이에 오간 말은 절대로 입
밖에 내지 않는 새엄마의 조심성은 철저했다. 내가 주문한 핫도그에서
잠시 눈을 든 순간, 새엄마는 나중에 다시 이야기하자는 뜻으로 환한
표정을 지으며 한눈을 찡긋하여 날 안심시켰다. 아빠는 〈굉장히 예의
가 바르면서, 운동도 굉장히 잘 하는〉 톰에 관해 계속 이야기했다. 마
치 예의 바른 것과 운동 잘 하는 건 절대로 양립할 수 없는 것처럼. 아
빠가 어찌나 열을 내며 톰의 유머와 에너지를 칭찬하는지, 새엄마도
가끔 와우, 어머나! 그래? 하면서 호응해주지 않을 수 없었다. 드디어
오후 프로그램에 관한 이야기로 주제가 옮겨갔다. 아빠는 일정표대로

행동하는 걸 좋아한다. 우리 아빠를 평온하게 해주려면 이제 각자 자기 위치로 돌아가야 한다. 난 아침에 빼먹은 스키 강습을 보충하기 위해 스키 학교로 달려가고, 카멜리아는 진흙 속으로 돌아가는 것이다. 아빠는 〈정상 휴게소〉에서 다시 톰을 만나 그의 패거리들과 함께 두어 번 〈꽤 괜찮은〉 슬로프를 즐기고 싶어 했다. 그러고 나서 모두 호텔로 돌아와서 샤워하고, 백야 파티에 참석하자고 했다.

"크리스, 당신도 백야 파티에 갈 생각이야?" 카멜리아가 놀라서 물었다.

"여성분들을 위해 봉사하는 거지……. 오늘 오전에 신나게 스키를 탔더니 몸 상태가 꽤 좋은걸!"

난 입을 다물었다.

맙소사! 그럼 아빠는 스키 탈 친구를 만나려고 정상 휴게실에 가서 어슬렁거리겠다는 심산이잖아! 말도 안 돼! 내 머리는 혼돈으로 가득 찼다. 잠 안 오는 밤, 자작시들을 주제별로 모아서 만든 시집에 대한 생각으로 복잡했던 엄마의 머릿속처럼. 지금 엄마는 열기구 무늬가 그려진 기름 먹인 천으로 커버를 만들 계획인데, 내가 보기엔 정말 후진 아이디어다. 그때 내 주머니에서 핸드폰이 진동했다. 드르르르 드르르르. 내가 지금 핸드폰을 테이블 위에 올려놓을 수 없는 이유는 세 가지나 된다. 첫째, 가족끼리 식사하는 자리에서 핸드폰을 보는 건 버릇없는 행동이니까. 둘째, 잃어버리거나 파손시킬 수 있으니 스키복 바지

주머니에 넣고 다니지 말라는 주의를 들었음에도, 여전히 그러고 있다는 게 들통 날 테니까. 끝으로 얼마 전에 아빠로부터 하루에 한두 번만 핸드폰을 들여다봤으면 좋겠다는 권고를 받았으니까. 엄마의 메시지를 확인하고 답장할 때만 들여다보고, 거기에 매달리지 말라는 거였다. 요즘의 청소년들을 지식의 길에서 돌려세운 이 사악한 작은 기계에 묶이지 않게 하려는 어른들의 깊은 배려다. 더욱이 내 〈작은 문제〉 때문에 우리 가족은 전자파의 위험을 더더욱 두려워한다.

"수진, 네 핸드폰이 진동한 것 같은데." 아빠가 의심스러운 표정으로 나를 지켜봤다.

"아냐, 크리스. 내 거야." 카멜리아가 미니스커트 주머니에 손을 집어넣으며 말했다.

왜 난 아직도 새엄마를 받아들이기 쉽지 않은지 모르겠다. 이처럼 내가 곤궁에 처할 때마다 한 번의 예외도 없이 내 옆에서 나를 건져주는데!

문제는 내가 메시지를 받으면, 그 즉시 읽어보고 싶어서 참질 못한다는 거다. 무슨 내용인지 너무 궁금한 것이다. 비올레타, 로만과 헤어진 후론 조바심이 더 심해졌다. 아마도, 어차피 맞을 매라면 빨리 맞고 자유로워지는 게 낫다는 심정 때문일 거다. 비올레타도, 로만도 공격적인 메시지만 보내고 있어서다. 언젠가 왕따 괴롭힘에 관한 공익광고를 본 적이 있는데, 지금의 내 처지가 그와 비슷하다. 솔직히 말해 난 남의 삶에 끼어들지 않고 조용히 내 삶에만 신경 쓰는 아이다. 그런데 지금 내 마음을 찌르고 온 신경을 곤두서게 하는 문자 테러를 받고 있다. 내가 속수무책의 어린애였다면, 완전히 무너졌을 거다. 다행히도 엄마의 시적인 정서를 통해서, 고약한 문장 뒤에도 선한 인격이 감춰져 있을 수 있다는 걸 배웠다. 아무튼, 난 지금 누가 문자를 보냈는지 꼭 봐야만 했다. 때마침 핸드폰이 또다시 진동했다.

"이것도 내 전화야." 카멜리아가 아빠를 바라보며 말했다.

난 급하다는 핑계를 대고 화장실로 달려갔다. 드디어 메시지를 볼 수 있게 되었다. 첫 번째 메시지를 보았다. 〈깜찍한 나의 수진, 차창으로 지나가는 너도밤나무 한 그루를 보았어. 네가 행복만 갖고 있던 그때, 넌 그 나무들을 두려워했었지〉. 두 번째 메시지는 마음을 좀 무겁게 했다. 〈수진, 너랑 같이 스키를 타서 즐거웠어. 괜찮으면 오늘 밤에 우리랑 크레페 먹으러 갈래? 톰.〉

7. 로만, 비올레타 그리고 톰

　스키 학교로 출발하기 전에 핸드폰을 방에 놓고 내려갔다. 오후반 강습 코치인 프레도가 즐거워서 어쩔 줄 모르는 자기 반 애들을 별로 즐겁지 않은 표정으로 차에 태웠다. 난 어른들의 기분에 매우 민감한 편이라, 뭔가 오늘 조짐이 안 좋다는 기분이 들었다. 오후 반 코치는 내가 깜빡하고 리프트에 스틱을 놓고 내리면 그냥 웃어넘겨 줄 그런 사람이 아닌 게 분명하다. 그래도 초조하지 않을 때의 프레도는 확실히 아빠보단 친절하다. 내가 달걀처럼 웅크려서 에그 포지션을 취할 때면 화내는 법 없이 침착하게 설명해준다. 평지에서 에그 자세를 취하면, 대야처럼 완만한 경사를 내려올 땐 더 이상 취할 자세가 없게 된다고. 그러자 애들이 〈대야〉라는 말에 킥킥대며 웃는다. 난 아빠가 청소년들을 상투적으로 표현하는 걸 좋아하지 않지만, 솔직히 내가 봐도 우리 나이 땐 별것도 아닌 일에 너무 헤프게 웃긴 한다. 난 입을 다문 채 미소를 짓는다. 내 또래 애들이 부루퉁한 표정으로 입을 다물 때는 대개 자기 안으로 움츠러드는 때일 경우가 많다. 말하자면 친구들의 생각과 달리 내가 입을 다무는 건, 내가 못된 애거나 상대에게 무관심해서 그런 게 아니다. 〈패닉〉이라고 하는, 일종의 내적인 혼란 때문에 그러는 거다.

난 스키도 제대로 타지 못했다. 날 핸드폰 생각에서 놓아줄 수만 있는 거라면, 뭐든 대환영이다. 내가 속한 반에서 레오카디라는 여자애와 리프트를 함께 타게 되었는데, 알고 보니 그 애도 에르미노텔에 묵고 있는 데다, 우리 〈엄마〉를 눈여겨본 것 같았다.

"새엄마야." 내가 말했다.

레오카디는 새엄마가 굉장히 유쾌한 사람이어서 좋겠다고 말했다. 설령 우회적인 말일지라도 누가 내게 칭찬이나 축하의 말을 해주면, 난 대답을 못 하고 입을 다물어 버리거나 어색하기 짝이 없이 이런 식으로 말하고 만다.

"네 스키, 아주 멋지다."

그러니 우리가 타고 있는 리프트 안에 무거운 침묵이 내려앉을 수밖에. 난 정말 멍청한 애다. 새로운 우정이 생길 가능성이 나타나면 그 즉시 이렇게 산통을 깨고 만다. 당장 다음 주에 학교에 갈 생각만 해도 그렇다. 이젠 다른 친구들도 사귀어야 한다는 생각에 익숙해져야 하는데! 도착지에 프레도가 기다리고 있었다. 난 에그 포지션을 하면 안 된다는 걸 그새 잊어버리고, 또다시 몸을 기울인 자세로 웅크린 채 리프트에서 일어나다가, 새파래진 얼굴로 쓴웃음을 짓고 말았다. 아무리 생각해도 스키는 내 종목이 아니다. 우리가 있는 곳은 정상 휴게실 바로 앞이었다. 난 마흔여섯 살의 아빠가 내 또래 친구들과 한 패거리가 되어 지나가는 장면을 제발 보지 않게 되길 간절히 바랐고, 무엇보다도 톰의 문자가 내 머릿속의 메시지 보관함에서 영구삭제되길 절실히 바랐다. 레오카디가 나더러 <기다리고 있어!>하고 외쳤다. 자기가 날 기다리고 있다는 건지, 아니면 나더러 자기를 기다리라는 건지…… 잘 모르겠지만. 어쨌든 그 애는 내가 자기 스키를 예쁘다고 말해준 걸 고마워하고 있는 듯했다. 오후 강습은 별 탈 없이 조용하게 지나고 있었다. 아빠가 날 찾으러 오기 전까지는. 그것도 톰과 함께. 그때 난 레오카디가 부츠 벗는 걸 돕고 있었다. 바인딩에 문제가 생긴 것 같았다. 그때 "안녕, 우리 딸! 여기 누가 왔는지 보렴." 하는 소리가 들렸다!

난 뒤돌아보기 전에 잠시 생각했다.

카멜리아? 하지만 새엄마는 스파 중이다. 게다가 슬로프 밑에서 우리를 기다리려고 자기 일정표를 바꿀 성품도 아니다. 그렇다면 누구? 몸을 돌리자, 톰과 함께 있는 아빠가 보인다. 두 사람 다 고글을 이마 위로 올린 채, 핑크빛 립밤을 바른 입술 사이로 하얀 이빨을 활짝 드러내고 서 있었다. 아무 말도 안 할 순 없어서, 별로 즐겁지는 않지만, 그 순간에 꼭 필요한 만큼의 성의를 갖고 대답했다.

"아, 톰, 안녕."

그러고는 다시 몸을 돌려서 바인딩 틈 사이로 스틱을 집어넣고 있는 레오카디를 도왔다. 그러자 톰이 다가와서 도와주었고, 그러는 사이에 아빠가 제안했다.

"셋이 코코아 마시러 갈까?"

드디어 레오카디가 부츠에서 스키를 떼어냈다. 그 애는 이제 호텔로 돌아갈 것이다. 레오카디가 스키판을 정리하길 기다리는 사이에 톰과 아빠가 앞서서 걸어갔다. 그때 확신한 건, 톰이 바캉스 기간 동안 퍼펙트한 자유를 즐기고 있다는 거다. 그건 레오카디도 마찬가지여서, 스키 수업이 끝나면 혼자 집으로 돌아갈 수 있다. 그런데 난? 아빠가 항상 찰싹 달라붙어 있을 뿐 아니라, 내가 어디 있는지 끊임없이 확인한다. 심지어 며칠 전엔 내 방에 도착하면 문자로 알리라는 말까지 했다. 카멜리아와 함께 거실 난로 옆에서 책을 읽고 있으면서! 호텔로 돌아가자, 카멜리아가 로비에서 우리를 기다리고 있었다. 옷을 몇 겹이나 껴입은 모습이다. 몹시 추운지 덜덜 떨고, 콧물까지 나는 게 아무래도 독감에 걸린 듯했다. 아빠는 가끔 제정신이 들면, 그제야 자기가 새 아내를 얻었으며, 종종 그녀를 돌봐줘야 한다는 걸 깨닫나 보다. 아빠는 새엄마더러 방으로 올라가서, 체온을 재고, 따뜻한 차를 마시고, 깃털 이불을 덮고 자야겠다고 했다. 그리고 밤 파티는 절대 안 된다고 엄포를 놨다. 조치는 당장 실행되었다. 그래서 톰과 단둘이 있게 되었는데, 둘만 남게 되자마자 톰이 말했다.

"네 아빠는 못 하시는 게 없는 것 같아. 지그재그 활강도 마치 80년대 영화를 보는 것처럼 멋지게 하시고, 재미있는 농담도 잘 하시더라. 네 엄마도 빨리 회복하시도록 잘 돌보실 거야."

"새엄마야."

"코코아 마실래?" 톰이 로비에 있는 바아 쪽으로 가면서 물었다.

구석에서 서성거리고 있는 레오카디가 보였다. 난 그 애를 불러서 우리 쪽으로 오게 했고, 함께 코코아 잔에 코를 박고 마셨다. 톰은 조금도 당황하거나 쑥스러워하는 애가 아니다. 그 애가 물었다.

"내 문자 받았니? 오늘 밤에 함께 저녁 먹자고 문자 보냈는데……. 네가 어제 봤던 친구들이랑 크레페 먹으러 가기로 했어. 같이 갈래?"

난 레오카디를 향해 몸을 돌렸다. 그 앤 내 눈길이 무슨 말을 하는지, 말보다 더 빠르게 이해하고 그 제안을 받아들였다. 그때 또 한 번 놀랐다. 내 또래인데도 부모님의 허락 없이 저녁 초대를 받아들이는 여자애들도 있다는 걸! 하지만 바로 다음 순간, 거구의 남녀가 레오카디 뒤에 와서 서는 걸 보았다. 그 애의 아빠, 엄마인 것 같았다. 두 사람은 각각 레오카디의 양어깨를 잡고 고함치듯이 동시에 말했다.

"레오카디! 당뇨병!"

결국 레오카디의 핫코코아는 허브차로 바뀌었다. 그 앤 자신에게 자유를 좀 쉽게 허락하는 것 같다. 그러나 몇 테이블 건너 앉아 있던 부모님이 옆에 와서 앉으라고 하자, 마지못해 그 자리로 옮겨갔다. 세 시간 전만 해도 우린 서로 몰랐던 사이였지만, 아마 그 앤 부분적으론 자기 인생이 나보다 낫다고 확신하고 있었을 거다. 내가 그런 레오카디를 바라보고 있는 동안 톰은 핸드폰을 들여다보면서 왜 내가 자기 문자를 받지 못했는지 이상하다고 말했다. 그의 핸드폰에는 문자를 보낸 거로 나와 있기 때문이다.

"방에 핸드폰을 놓고 왔어. 난 대개 저녁에 문자를 들여다보거든……"

"넌 정말 로만과 반대로구나! 그 앤 비올레타보다 더 끔찍해. 그런 앤 정말 처음 봤어. 전화 받는 중에도 문자를 들여다보더라니까!" 톰이 말했다.

난 입을 다물었다. 그토록 겁내던 순간이 다가오고 만 거다. 이젠 자연스러운 표정을 유지하면서 옛 친구들에 대해 말해야만 한다. 다행히도 그 애들이 날 따돌렸다는 걸 톰이 아직 모르고 있을 때만 해당하는 거지만.

"스키 방학이 시작되기 전부터 너희들 사이에 좀 긴장감이 도는 것 같더라. 내가 잘못 본 건가?" 톰이 물었다.

마냥 입 다물고만 있을 순 없었다. 개학 후의 일도 생각해야 한다. 그리고 톰이 그 애들의 말을 듣기 전에 내 말부터 들어보게 해야 한다. 물론 친구들을 배신하는 게 되어선 안 된다.

"음, 약간 그렇긴 했어……"

"약간?"

"응, 약간……"

입 다물고 싶은 심정을 꾹 누르고 이렇게 말하는 건 처음이다. 그래, 뭐든 이렇게 서서히 시작하는 법이지.

"너 혹시 아니? 그 두 애들 사이에 무슨 일이 있었는지?" 그가 물었다.

그 두 애들 사이라고? 이 자식, 배짱도 좋네. 야! 그 애들 둘과 사귄 건 바로 너잖아! 라고 말하고 싶었지만…….

"걔들이 서로 질투한 것 같아." 내가 말했다.

"질투? 뭐 때문에?"

뭐라고 대답할까? 무슨 일이 일어났는지는 네가 나보다 더 잘 알잖아 하고 말할까? 아니면 내가 둘 중 한 명을 꼭 집어서 편들지 않았다고 둘이 합세해서 날 비난하고 있다고 설명할까? 난 두 번째를 택하기로 마음먹었다. 그리고 먼저 머리카락이 내 귀를 잘 덮고 있는지 확인한 다음 입을 열었다.

"로만은 비올레타가 너랑 있는 걸 질투했고, 비올레타는 로만이 너랑 있는 걸 질투한 거야. 게다가 한심하기 짝이 없는 후드티 사건도 있고. 그런데 두 명 모두 내가 자기편을 들지 않았다고 날 원망하고 있어. 그렇게 된 거야. 이제 딴 이야기할까?"

그러고 보면, 나도 일단 말하기로 마음만 먹으면 확실하게 하는 것 같다.

8. 로만, 비올레타, 나 그리고 톰

카멜리아는 진짜로 병이 나고 말았다. 그래서 아빠는 우리와 함께 크레페 집에 가서 저녁을 먹기로 했고, 레오카디는 오지 못했다. 크레페 집에 도착하자, 이미 와 있던 톰이 마치 나랑 함께 온 아빠는 안 보이는 것처럼 손을 번쩍 들고 흔들었다. 껌딱지 아빠 때문에 난 하루에도 몇 번이나 우스운 애가 되어야 한다. 아니, 실은 아빠만 내게 찰거머리처럼 붙어 있는 게 아니다. 엄마의 문자까지 치면, 내 경호원은 두 명이나 된다. 〈내 완벽한 딸 수진, 멋진 밤을 보내렴. 별을 헤아려 보렴. 그리고 그 밤의 베일을 내게도 보내주렴. 그 위에서 널 찾아볼 수 있도록. 그 베일 위에서 항해할 수 있도록.〉

라클렛 치즈 먹을래? 아빠가 물었다. 아빠는 우리가 크레페 집에 있다는 걸 아직 이해하지 못했나 보다. 시빌과 비앙카, 바르나베는 우리 아빠가 따라온 걸 알고 요상한 표정을 지었다. 그리고 톰에게 대체 무슨 일이냐며 눈짓으로 물었지만, 톰은 반응하지 않았다. 그러나 그 친구들 생각이 옳다. 아빠가 계속 우리 옆에 붙어 있으면, 소아성애자로 취급받고 말 거다. 솔직히 가족용 스키장에 온 내 또래치고, 부모 동반 없이 친구 네 명과 호텔 바로 옆에 있는 크레페 집에 가는 게 뭐 그리 대수일까! 하지만 우리 아빠에겐 대수다. 제설차가 지나가는 걸 한 번도 보지 못했건만, 아빠는 그 차가 우리를 덮칠 수도 있다고 말했다. 더욱이 그렇게 말하면서, 나를 차도 쪽이 아닌 벽 쪽에서 걷게 했다. 다행히도 톰이 스키 숙소에 샤워하러 간 때여서, 이렇듯 강박적인 부성애 장면을 보지 못했으니 망정이지. 그때 카멜리아가 창문으로 우리를 보고 손짓을 했다. 마침 내가 고개를 들고 있었기 때문에, 나만 그 장면을 보았다. 물론 난 아무 말 하지 않았다. 아빠가 봤다면, 틀림없이 새엄마에게 빨리 깃털 이불 속으로 들어가라고 소리칠 게 분명했으니까.

난 톰과 그의 세 친구처럼 옥수수 크레페를 시켰고, 아빠는 소시지 크레페를 주문했다. 아빠가 자기 크레페에서 쓰레기통 냄새가 난다면서 우리더러 맛보라고 했을 때, 아, 난 창피해서 죽을 뻔했다. 어쨌거나 우린 크레페를 먹으면서 스키와 음악 이야기를 했다. 비앙카와 시빌은 드러내놓고 아빠를 무시하면서 자기들끼리만 말을 주고받았다. 난 충분히 이해하고도 남는다. 그런데 톰은 아주 쿨했다. 아빠의 존재가 조금도 거북하지 않은 것 같았다. 난 서둘러 식사를 끝내고 빨리 호텔로 가서, 카멜리아의 감기가 내게 옮겨지길 바랐다. 그래서 남은 휴가 내내 침대에서만 지내면 좋겠다고 생각했다. 어떻게 하면 이 저녁 식사를 최대한 빨리 끝낼 수 있을까 머리를 굴리고 있는데, 아빠가 카멜리아에게 가봐야 하니까 먼저 일어나겠다고 했다. 그러고는 내게 몇 가지 지시를 내렸다. 제설차 주의할 것, 눈 속에서 모르는 사람이 튀어나오

지 않나 조심할 것, 정체를 알 수 없는 짐승과 빙판을 조심할 것, 말
뚝에 얼굴을 부딪치지 않도록 조심할 것, 연쇄살인범을 조심할 것. 난
또 입을 다물어야 했고, 드디어 아빠는 떠났다.

"네 아빠 정말 상냥하시다!" 비앙카가 말했다. "만약 우리 아빠가
식당에 왔다면, 이 자리가 완전 지옥이 되어버렸을 거야."

이번에도 난 입을 다문다. 그게, 누가 날 놀리고 있다는 기분이 들
때 내가 하는 선택이다. 그러자 톰이 오전 시간에 우리 아빠랑 둘이
아주 멋진 시간을 보냈다고 말한 뒤에 자기 아빠 이야기를 하기 시작
했다. 자기 아빠는 트윈팁 스키도 없고, 밤 10시까지만 외출을 허락했
다고. "아, 정말! 울 아빠 정말 구려. 꼰대. 윽."

"우리 아빠도 그래." 다른 애들도 불평했다.

그러고 보니 아빠는 내게 몇 시까지 들어오란 말을 안 했다. 그럼
난 밤 열두 시까지 있어도 좋다고 허락받은 걸까? 그때 내 오른손에
뭔가 얹히는 기분이었다. 나무의자 위에 앉은 나는 허벅지 바로 옆에
손을 놓고 있었다. 그런데 내 손 위에 슬쩍 올라앉은 그 무언가는 뜨
겁고, 축축한 데다 촉수 같은 느낌을 주었다. 이건 뭐지……? 아빠
가 조심하라며 주의시킨 위험 요소들 가운데 문어발 같은 건 없었는
데……. 아무튼 이상한 생물이 내 손 위에 있는 게 확실했지만, 무기력
한 내 손은 어쩔 수 없이 이상한 촉수의 습격을 가만히 당하고만 있
었다.

난 남자애랑 키스해본 적이 한 번도 없다. 작년 여름에 새엄마의 친구 아들이랑 키스할 뻔했었는데, 결정적인 순간에 그 애를 확 밀쳐 버렸었다. 혹시라도 정말 사랑에 빠져서 이상한 아이를 낳게 되면 어쩌나 하는 두려움 때문이었다. 그리고 우린 키스 대신 민트 음료로 셔벗 만들기를 했다. 나중에야 그 분야에서 나보다 훨씬 앞선 로만과 비올레타를 통해 알게 되었다. 키스하기 전에 먼저 해야 하는 것들이 있다는 걸. 손잡는 거랑 어깨에 손 올리는 게 다음 진도로 나갈 준비가 되었음을 알려주는 사인이라나……

어쨌거나 내 손 위의 촉수는 떨어지지 않고 있었다. 난 차마 톰을 똑바로 바라볼 수 없었다. 그러나 곁눈질이 뛰어나게 발달한 까닭에 그 촉수가 톰의 것, 그러니까 톰의 손이라는 걸 알고 있었다. 톰은 왼손으로 내 오른손을 만지작거리면서, 동시에 시빌을 똑바로 쳐다보며 벨기에 출신의 싱어송라이터인 스트로매에 대해 이야기했다. 〈원더풀〉이라는 노래의 뮤직비디오를 찍을 때, 그는 진짜 술에 취했던 게 아니라 술 취한 연기를 했던 거라고.

난 어떻게 하면 톰이 모르게 살짝 내 손을 빼낼 수 있을까 고민했다. 이렇게 손을 잡힌 채로 가만히 있을 순 없었다. 혹시 애가 고의로 손을 얹고 있는 게 아니라면? 의자 위에 손을 놓는다는 게 그만 내 손 위에 올려놓게 된 거라면? 딱딱한 나무의자 위에 손을 놓을까, 아니면 내가 앉은 폭신한 방석 위에 손을 얹을까 망설이다가, 방석 주인인 내게 양해도 구하지 않고 그냥 방석 위에 손을 놓은 거라면? 마침 그 방석 위에 내 손이 있었는데 그걸 모르고 방석 위에 놓았다고 착각하고 있는 거라면? 톰의 입장도 충분히 생각해 볼 필요가 있긴 하다. 하지만 물 잔을 잡으려면 손이 잡힌 상태론 불가능하다. 오른손을 쓸 수 없는 내게 왼쪽에 놓인 냅킨이 내가 봐야 할 방향을 가리키고 있다. 왼쪽으로 고개 돌려! 왜냐하면, 내 손 위에 손을 얹고 있는 애, 부주의해서 자기도 모르게 내 손 위에 손을 얹게 된 애 쪽으로 차마 고개를 돌릴 수 없었기 때문이다! 그를 쳐다본다는 건 말도 안 되는 일이다.

"수진, 너 얼굴이 이상해. 시뻘게졌어. 더워서 그러니?" 시빌이 물었다.

내가 온 후로 한 번도 입을 떼지 않던 애가 날 불편하게 만들 꼬투리를 잡더니 계속 공격해 들어온다.

"얼굴이 빨갛다고?" 톰이 내 얼굴을 들여다보려고 테이블 위로 몸을 굽히면서 걱정스럽게 물었다. 내가 옆모습, 그것도 4분의 1만 보일 정도로 얼굴을 거의 옆으로 돌린 채 꼿꼿하게 앉아 있기 때문이다.

"그래, 너 정말 시뻘게!" 시빌이 다시 강조한다. "혹시 크레페를 잘못 먹어서 알레르기 반응이 일어난 거 아니니?"

"별소릴 다 하네." 톰이 시빌의 말을 끊고 말했다. "수진, 네 얼굴 빨갛지 않아. 장밋빛이야, 아주 예뻐."

모든 걸 나쁘게 보고 싶진 않지만, 톰은 그 말을 하면서 내 손을 더 꽉 잡았다. 내 생각이 틀리지 않는다면, 이건 일종의 은밀한 합의이고, 나를 지지한다는 의미다. 그러나 톰은 알아야 할 게 있다. 이제부턴 나도 혼자서 얼마든지 날 방어할 수 있다는 걸. 게다가 두 손을 자유롭게 쓸 수만 있다면, 먹다 남긴 샐러드 접시를 기꺼이 시빌의 얼굴 위로 엎어버릴 수도 있다는 걸. 그래서 내 얼굴의 홍조를 통쾌함의 홍조로 바꿀 수 있다는 걸. 그래서 난 불가능하게 여겨지는 걸 시도해 보기로 한다. 오른손을 톰의 손에서 빼내는 거다. 의자의 나뭇결을 스케이트 링크로 삼아서, 내 자유를 향해 미끄러지듯 아주 조심스럽게 시도를 했다. 하지만 내 손이 내린 은밀한 지령을 눈치채지 못한 촉수는 더 많은 권한을 요구하면서 내 손을 더 꽉 잡았다. 난 하는 수 없이 난폭함을 선택하기로 하고, 갑자기 손을 휙 뺐다. 드디어 자유다! 하지만 눈 내린 풍경의 석양 앞에 선 우리 아빠처럼 허튼소리를 늘어놓는 톰의 립서비스로부턴 어떻게 빠져나가지……?

"네 얼굴에 햇빛이 비치니까 정말 예쁘다." 그 애가 강조하듯 말했다.

그러자 비앙카까지 쓸데없이 끼어들기로 작정했는지, 백야 파티 땐 아마 토마토처럼 더 새빨개질 거라고 예언까지 했다.

그러고 보니 백야 파티를 까맣게 잊고 있었다. 새엄마가 침대 속에 누워, 내가 부르러 갈 거라는 건 생각도 못 하고 있을 거기에 더욱 그랬다. 비앙카와 시빌, 바르나베 그리고 내 손을 짓누르고 있던 톰, 이들은 모두 백야 파티에 가고 싶어 한다. 그런데 모두 밤 10시까지만 밖에 있기로 허락받았기에, 지금 파티에 가더라도 거기 있을 수 있는 시간은 30분밖에 없는 셈이다. 외양간으로 돌아가야 하는 송아지들 같다고 말하고 싶지만, 난 입을 다문다. 심술궂은 애가 되고 싶지 않으니까. 바르나베가 디저트를 먹지 말고, 서둘러서 에르미노텔로 돌아가는 게 어떻겠냐고 말했고, 모두들 동의했다. 물론 나도 포함해서. 지금처럼 살짝 열 받은 후엔 달달한 크레페 하나를 먹어줘야 하는 거지만. 그동안 톰의 손은 다시 돌아오지 않았다. 내 기분을 진정시키기 위해선 일단 다시 접근하지 않는 게 좋다고 판단했는지도 모른다. 난 별 추측을 다 해봤다. 설마 톰이 연쇄 사랑범은 아니겠지……? 비올레타와 로만과 나, 세 명의 절친 소녀들과 세 번의 사랑 이야기를 엮으려는 건 설마 아니겠지……?

당연한 거지만 백야 파티는 아직 시작도 하지 않았다. 하지만 입 다물기로 했다. 난 에르미노텔의 밤이 가라오케, 추적게임, 마임 게임, 향기 로토 게임, 미스 아무개 선발대회 등의 각종 오프닝 프로그램 이후에야 시작한다는 걸 이미 알고 있었다. 재미있는 오락거리 없인 살 수 없는 카멜리아 덕분에(그래서 아빠는 카멜리아가 지능이 좀 떨어지는 바보라고 놀리곤 한다) 난 이곳 스키장으로 오기 전부터 벌써 우리 호텔의 프로그램들을 다 알고 있었다. 아빠의 존재만으론 충분치 않은지, 카멜리아는 오늘 밤에도 기분전환을 필요로 한다. 비앙카와 시빌은 심통이 잔뜩 났다. 입이 댓 발이 나온 얼굴로 자기 부모들이 이해심이라곤 전혀 없어서, 예정된 귀가 시간을 넘는 걸 절대 받아들이지 않는다고 불평을 터뜨렸다. 바르나베는 자기 부모에 대해 한탄하진 않았지만, 이럴 줄 알았다면 차라리 디저트나 다 먹고 올 걸 그랬다며 디저트를 놓친 걸 속상해했다.

"이것저것 다 놓쳤지 뭐야." 그 애가 징징거렸다.

톰은 대꾸를 해야 할지, 나처럼 입을 다물고 있을지 결정하려는 듯이 나를 바라봤다.

9. 꼬여가는 관계

새엄마가 정신 나간 일을 벌이고 말았다. 아빠가 잠이 들길 기다렸다가, 9시 45분이 되자 미니스커트를 입고(감기 때문에 두 벌을 겹쳐 입었다) 우리를 만나러 로비로 내려온 거다. 친구들이 자정까지 밖에 있는 걸 허락받지 못했다는 걸 알고, 스키 숙소로 가서 그들의 귀가 시간을 1시간만 늦춰달라고 부모님들께 허락 받아주겠다는 것이다. 11시 정각까지 책임지고 데려다주겠다는 약속과 함께! 카멜리아가 옆에 있을 땐 친구들에게 새엄마라는 말을 미처 하지 못한 채, 그녀가 하는 일을 군소리 없이 바라만 보고 있었다. 다행히도 그녀가 파카를 입고 있어서, 방한 부츠라기보단 무도화같이 생긴 신발을 신고 있다는 걸 눈여겨본 사람이 아무도 없었다. 우린 네 명의 부모님을 모두 찾아다니느라 꽤 시간이 걸렸다. 비앙카와 시빌의 부모님은 마침 함께 테이블에 계셨고, 바르나베의 부모님은 글자 맞추기 놀이를 하고 계셨다. 하지만 톰의 부모님은 벌써 잠자리에 드신 상태여서, 실비와 비앙카, 바르나베, 카멜리아, 우리 모두 층계참에 서 있을 동안 톰이 숙소의 문을 두드렸다. 급한 문제로 여쭤볼 게 있다면서. 톰은 문을 조금 열어 놓은 채 안으로 들어갔다. 그의 아빠의 목소리가 들렸다. 이미 합의된 건데 왜 귀찮게 구느냐, 약속한 거니 지켜라……. 그러나 톰은 아주 유연하게 교

섭을 했다. 결국, 그의 엄마가 복도 쪽으로 빠끔 코를 내밀었고, 뭐가 문제 될지를 아주 잘 아는 카멜리아가 그분의 말을 막고 단숨에 말했다.

"안녕하세요, 톰 어머니. 잠자리에 드셨는데 귀찮게 해드려서 죄송해요. 저도 제 딸 때문에 깜짝 놀랐지 뭐예요! 그래도 생각해보세요, 좀 성가시긴 하지만 이해는 가잖아요? 우리도 저 나이 땐 그랬으니까요, 그렇죠? 그래서 제가 책임지고 이 작은 군대를 파티에 데리고 갔다 오려고요. 톰이 11시에 꼭 들어오게 할게요, 제가 약속합니다. 약속해요."

그러고는 톰 엄마의 허락이 떨어지기도 전에 우리에게 말했다. "자, 자, 얘들아, 어서 서둘러! 시간이 아깝잖아!" 그래서 우린 숙소 정문을 향해 뛰어갔고, 그동안 카멜리아는 톰의 엄마와 조금 더 대화를 나눴다. 〈감시〉, 〈권한〉, 〈정확하게〉, 〈믿고〉, 〈사춘기〉 등등의 단어와 잘 알아들을 수 없는 단어 몇 개가 들렸다. 난 어떤 사람도 넘어오지 않을 수 없게 만드는 재주가 새엄마에게 있다는 걸 또 한 번 인정해야 했다. 눈 깜짝할 새에 일을 해치우는 해결사다. 딸을 가진 엄마의 진정성 있는 대화로 같은 반 남자애의 엄마를 설득하다니! 새엄마와 아빠 사이에 왜 아직도 아이가 없는지 이해할 수 없다. 가끔 카멜리아는 혹시라도 다리가 네 개 달렸거나 머리가 둘 달린 아이를 낳을까 봐 무섭다면서, 어린 소녀처럼 굴 때가 있다. 그렇다고 아빠가 그런 새엄마를 안심시키는 것도 아니다. 그저 당신이 그렇게 불안하면, 합리적으로 생각할 때 아이를 안 갖는 게 더 낫다는 말로 그칠 뿐이다.

에르미노텔에선 벌써 파티가 시작되었다. 유일하게 큰 문제가 있다면, 아빠가 짧은 잠옷 가운 차림에 실내 슬리퍼를 신고서 카멜리아를 찾으려고 무도장 안을 왔다 갔다 하고 있었다는 점이다. 아빠는 나를 보고도, 왜 늦게까지 거기 있는지, 무슨 일이 있었는지에 대한 관심은 전혀 없고, 이렇게만 물었다.

"카멜리아는? 카멜리아 못 봤니? 침대에 없더라고!"

난 입을 다물었다. 아빠는 또 내가 대답을 안 한다고 투덜거렸다. 내가 〈작은 문제〉에서 벗어난 후로는, 잽싸게 대답하지 않는 내 태도가 아빠를 짜증 나게 한다. 하지만 카멜리아가 날 위해 해줬던 고마운 일을 밀고할 순 없다. 카멜리아가 보살핀다는 조건으로 11시까지 파티에 있어도 된다는 허락을 받아낸 덕에, 난 그날 밤 친구들 사이에서 여왕이 되었다. 톰에겐 좀 지나치게 여왕 대우를 받았는데, 그는 또다시 내 손을 잡았고, 내 손이 빠져 달아나는지 보려고 가끔 눈으로 확인을 하곤 했다. 그때 내 주머니에서 사형판결 소리가 울렸다. 로만이 보낸 문자였다. 〈수즈, 너 오수아에 있다며? 그게 정말이니? 그럼 톰을 봤겠구나?〉 이어서 비올레타에게서도 문자가 왔다. 〈안녕, 수즈, 네가 있는 데가 오수아니? 톰도 거기 갔다는데, 만났니?〉 그래, 긍정적으로 생각하자. 그래도 날 수즈라고 불렀다는 건 좋은 소식이잖아. 그동안 내 이름조차 부르지 않았던 메시지들을 생각할 때, 우호적으로 변한 게 분명하다. 그러나 나쁜 소식도 있으니, 내가 톰을 그저 만난 정도가 아니라, 그와 춤까지 추고 있다는 거다. 지금 시간은 밤 10시 17분이고, 나는 파티에 있으며, 그들의 공동의 연인 앞에서 몸을 흔들고 있다! 그러니 그 애들에게 대체 뭐라고 대답한단 말인가? 시빌과 비앙카에겐 눈길 한번 주지 않고, 톰은 여전히 내 손을 놓치지 않으려고 애쓰는 중이다. 시빌과 비앙카는 그런 톰을 놀리면서, 한목소리로 말했다.

"어머나, 얘. 톰이 널 좋아하는 게 분명해!"

나는 입을 다문다. 그들의 목소리가 너무 커서 뭐라 대답하기가 곤란하다. 게다가 그때 눈에 들어온 한 장면이 내 관심을 친구들로부터 돌려세웠다. 아빠가 도무지 말이 안 통하는 카멜리아에게 화를 내고 있었던 거다. 아빠가 말했다.

"당장 방으로 올라가! 이러다 열이 더 오르면 어쩌려고 그래! 정말 못 말리겠네."

카멜리아는 목젖이 다 보일 정도로 크게 웃었고, 최대한 분노를 자제하려고 애쓰는 아빠는 그런 카멜리아를 보면서 어떻게 화를 삭여야 할지 몰라서 씩씩대고 있었다. 난 새엄마가 방으로 돌아가면 어쩌나 염려되었다. 새엄마가 우리를 지켜주고, 친구들을 스키 숙소까지 데려다주기로 했기 때문이다. 10시 24분. 바르나베가 비앙카의 어깨를 잡았다. 그는 비앙카보다 키가 훨씬 작다. 하지만 난 비앙카가 바르나베의 팔을 끌어다가 자기 허리에 두르는 걸 보았다. 그 장면을 본 톰이 나를 보며 눈을 찡긋했다. 난 그가 손을 놓고 나서야 비로소 고개를 돌려 그의 얼굴을 볼 수 있었다. 아직 완전히 보진 못한다. 난 되도록 외할머니가 기르는 강아지 〈이종〉을 생각하려고 애썼다. 그 녀석은 뭐라고 좀 꾸짖으면 금방 삐쳐서 멀리 수평선을 바라보며 우리가 사과할 때까지 몇 시간씩이나 버티는 놈이다. 졸지에 혼자가 된 시빌은 이런 상황이 꽤 견디기 어려웠을 거다. 비앙카와 바르나베는 저쪽에 있고, 톰과 난 이쪽에 있고……. 시빌에게 레오카디를 소개해주고 싶지만, 레오카디는 벌써 잠이 들었을 것이다. 아빠는 바아에 앉아 신문을 뒤적거리는 중이다. 그런데 톰이 갑자기 아빠에게 다가갔다. 혹시 이게 친구들이 이야기했던, 벌써 그 두 번째 단계인 건가? 사랑에 빠진 남자애는 자신이 여자애에게 초연하다는 걸 보여주기 위해 갑자기 냉정해진다는 그 단계. 그런 거라면, 내가 촉수의 부름에 응답하지 않은 건 정말 잘한 일이다. 난 촉수에 이끌려서가 아니라, 단순한 호기심 때문에 아빠에게 다가가서 두 남자의 대화에 끼었다. 물론 입은 뻥긋 않고 오직 듣기만 할 뿐이다. 톰과 아빠는 프리스타일 스키에 대해 이야기하고 있었다.

여기서 트윈팁 스키 사건을 떠올리지 않을 수 없다. 별 두 개 수준이긴 하지만, 자신을 노련한 코치쯤으로 여기고 있는 아빠는 최근 들어 뒤로 스키를 탈 수 있게 된 걸 몹시 뽐냈다. 경사도 겁내지 않고, 뒤로 슬로프를 내려가는 게 훨씬 재미있다고 노래를 부르더니, 앞뒤로 자세를 자유로이 바꾸면서 탈 수 있는 프리스타일의 트윈팁 스키란 게 나왔다는 소리를 듣게 되었다. 아빠에게 그보다 더 기쁜 소식이 있을까. 아빠는 어느 토요일, 카멜리아에게 산책 삼아 스포츠 가게까지 가보자고 설득했고, 첫눈에 트윈팁 스키의 아름다운 자태에 빠지고 말았다. 그런 아빠에게 <우선 렌트해서 몇 번 타보고, 정말 탈 만하면 그때 사도록 하자>는 카멜리아의 말이 귀에 들어올 리 만무했다. 아빠는 당장 그 스키를 갖고 싶어 했다. 그래서 트윈팁 스키는 누구 발에나 다 잘 맞게 제작되었다는 글을 책에서 읽었노라면서, 고집을 부렸다. 카멜리아는 결국 아빠가 하겠다는 대로 내버려 뒀지만, 자동차 지붕 위에 스키를 고정할 땐 아빠의 사기를 꺾지 못한 걸 몹시 후회했다. 아빠가 신이 나서 스키를 고정하는 동안, 우리 둘은 주차 금지를 위해 세워놓은 플라스틱 봉 위에 앉아서 기다렸다. 한 사람은 말없이, 다른 한 사람은 계속 말을 하면서. 스키장으로 오던 날 우리는 아침 일찍 떠날 걸 예상했지만, 막상 떠난 건 정오가 거의 다 될 무렵이었고, 새로 산 스키는 지붕 위가 아니라, 카멜리아의 목덜미에서 내 왼쪽 귀까지를 가로지르며 자동차 안에 떡하니 자리 잡았다. 이제 와 생각해보니, 차를 타고 오는 내내 난 머리를 오른쪽으로 돌리고 있었다. 크레페 집에서 저녁을 먹을 때 계속 머리를 왼쪽으로 향하고 있었던 것도, 생각해보면 나도 모르게 내 몸이 척추의 균형을 다시 잡으려고 그랬던 것 같다. 톰은 내가 머리를 돌릴 때마다 자리를 바꿔 내 옆으로 올 기회를 노렸다. 그러나 카멜리아를 방으로 올려보내길 마침내 포기해버린 아빠는 실내화를 트윈팁 스키라고 생각하고, 자기보다 열 배는 더 잘 타는 톰에게 뒤로 타는 스키의 재미를 설명했다. "그게 말이 야, 후진으로 스키를 타다 보면, 요령이 생기게 돼. 아, 정말 근사하지." 아빠는 그 말을 몇 번이나 되풀이하고, 톰은 그때마다 동의하는 표정을 지었다. 그러는 사이에 카멜리아가 비앙카와 시빌, 바르나베에게 둘 러싸여서 우리에게 다가왔다. 톰을 데리고 가기 위해서다. 부모님과 약속한 시각이 된 것이다. 카멜리아는 약속을 아주 잘 지킨다. 빨간 코에 반짝이는 눈, 에이미 와인하우스보다 더 허스키하고 강렬한 목소리를 가진 새엄마는 아빠가 대신 데려다주겠다는 걸 단칼에 거절했다.

"애들 부모님이 허락하셨던 건 날 믿어서야. 그러니 내가 끝까지 책임져야지!"

그렇게 해서 우리는 스키 숙소로 떠났다. 난 약간 언짢았다. 친구들이 자기들의 자유를 위해 수고해준 카멜리아에게 조금도 고마워할 줄 몰랐기 때문이다. 혹시라도 카멜리아가 나의 엄마였다면 그 애들이 자연스럽게 고맙다는 인사를 하지 않았을까 하는 생각도 들었다. 설마 그러기야……. 어쨌거나 내가 보기에 그 애들은 새엄마를 완전히 무시했다. 그런 데다 새엄마는 그 애들에게 아무것도 요구하지 않았다. 다만 우리 둘이 호텔로 돌아올 때, 새엄마가 굽이 너무 높은 구두를 신었다고 중얼거리는 소리를 들었다.

또다시 주머니에서 핸드폰이 진동했다. 난 아무에게도 답문을 쓰지 않았다. 비올레타에게도, 로만에게도, 그리고 엄마에게도. 엄마는 내가 답을 안 해도 아랑곳없이 이런 끔찍한 메시지를 보내온다. 〈수즈, 쏜 살같이 내달리는 슬로프 위에서 녹초가 된 수즈, 그렇지, 수즈? 아니, 수즈는 지칠 줄 모르는 나의 뮤즈!〉 솔직히 좀 심하다!

하지만 난 부정적인 기분으로 잠들고 싶지 않아서, 세 사람에게 답장을 썼다. 엄마에겐 이렇게. 〈까꿍, 엄마! 여긴 아주 멋져. 난 잘 지내요. 엄마도 잘 지내길 바라요, 사랑해~〉 비올레타에겐 이렇게. 〈톰? 그래? 혹시 널 마주치게 되면 알려줄게. 안녕!〉 그리고 로만에겐 이렇게. 〈아직 못 봤어. 난 지금 감기에 걸렸어. 안녕~〉 핸드폰을 껐다 다시 켰다. 진동 소리를 기다린다. 엄마에게서만 답장이 왔다. 〈잘 자, 우리 수지. 좋은 꿈 꾸렴.〉

10. 입 다물기도 통하지 않을 때

상황이 아주 끔찍하다고까진 할 수 없지만, 그래도 약간 뒤로 물러나서(하룻밤 정도) 요약해보면, 난 지금 여러 가지 스트레스를 한꺼번에 받고 있다. 우선 지금은 아침 8시인데, 아빠가 사준 너무나 뜨거운 코코아를(땡큐 아빠!) 〈아주 빠르게〉 마시는 중이다. 스키를 타러 서둘러 눈밭으로 들어가기 위해서다. 게다가 오늘 아침 새엄마는 열이 39도까지 올랐다. 그래서 어젯밤에 내가 새엄마를 밖에 나가도록 부추겨서 이렇게 된 거라는 아빠의 원망을 비껴갈 수 없게 되었다. 내가 아빠의 새 아내에게 아무런 영향력도 끼칠 수 없다는 걸 아빠는 정말 모르는 걸까? 새엄마가 얼마나 자유분방한 사람인지 모르는 건가? 여기에다 톰이 날 좋아하고 있다는 것도 엄청 스트레스다. 적어도 날 좋아하기로 작정했다는 건 분명하다. 게다가 여기 와서 만난 여자애들은 새엄마를 무시하고 있고, 학교 친구 두 명은 내 메시지에 답장도 안 하고 있다. 하기야, 그건 오히려 좋은 신호이기도 하다. 내 말을 믿고 있다는 증거니까.

정오가 되어 스키 학교에서 나왔다. 아빠가 트윈팁 스키 위에 걸터앉아 기다리고 있었다. 그러면서 감기에 걸린 건지, 그냥 몸이 피곤한 건지 잘 모르겠다고 했다. 아빠와 점심을 먹으러 호텔로 가는 중에,

누구를 만났는지 아는가? 톰이다. 톰이 말했다.

"수진! 다시 봐서 정말 좋네!"

이 자식이……. 야, 우린 어젯밤 11시 반에 헤어졌잖아! 그런데 다시 만나서 기쁘다니, 너무 과장된 거 아냐? 물론 입 밖으로 내진 않았다. 그런데 톰이 우리 둘에다, 이 자리에 있지도 않은 애들 두 명까지 끌어와서 넷의 이야기를 시작하는 게 아닌가!

"오늘 아침에 비올레타가 전화했어. 혹시 널 만났느냐고 묻더라. 그래서 어젯밤 호텔에서 열린 백야 파티에 함께 갔었다고 했지. 그러고 나서 금방 로만이 전화해서 또 묻기에, 그렇다고 했어!"

앗! 뭐, 뭐라고……? 입 다무는 건 좋지만, 때로 울부짖는 게 더 어울리는 때도 있다. 난 그 자리에서 온갖 한탄의 말을 다 내뱉고 싶었다. 아, 안 돼! 살려줘! 도와줘! 으악! 헬프미 프리즈! 오, 마이갓, 나 어떻게 해애애애애! 하지만 난 입을 다물었다. 최악의 경우, 내 인생은 인제 다 끝난 거다. 최선이라고 해봤자, 엉망진창의 인생이다. 오늘이 금요일, 다음 주 월요일이면 스키 방학이 끝나서 학교에 가야 한다. 여기서 떠나는 즉시 난 욕바가지를 먹게 되겠지. 이유? 그야 내가 비겁한 행동을 했으니까. 이제 난 전교생의 눈에 가장 끔찍한 괴물이 되겠지. 거짓말과 위선으로 똘똘 뭉친 괴물. 다행히도 난 톰에게 조금도 끌리지 않는다. 그래서 내 마음에 들려고 애쓰는 그 애의 모든 시도는 다 헛수고일 뿐이다. 게다가 톰은 바람둥이다. 솔직히 말해 어떤 정상적인 남자애가 자기의 두 여자친구와 가장 친한 애를 꼬셔볼 생각을 할까? 비올레타와 로만, 둘만으론 충분치 않다는 소리야? 그땐 그때고, 지금 원하는 건 나란 말이야?

오늘 아침, 아빠가 양치질하는 동안 난 카멜리아에게 그 문제를 간략하게 말했다. 새엄마의 생각은 나와 달랐다. 오히려 남자애들은 제한된 영역에서 사냥하길 좋아한다는 거다. 그리고 로만과 비올레타가 톰에게 중요한 정보를 주었을 거라고 설명해줬다. 말하자면 세상에서 (적어도 톰의 세계에서는) 가장 괜찮은 여자애가 바로 나, 수진이라는 정보를 얻게 되었을 거라나…….

"예를 들면 네 아빠를 봐." 카멜리아가 친절하게도 예를 들었다. "내가 네 아빠를 만났을 때 말이야, 내가 데이트를……."

나의 묵직한 입 다물기가 곧 새엄마의 말을 중단시켰다. 새엄마는 내 입 다물기가 무슨 뜻인지 잘 알기에 얼른 말을 끊었다.

"오케이, 수즈. 알았어. 몰라도 될 정보라는 거지?" 새엄마는 웃음을 터뜨리고 나서 입을 다물었다. 그렇다고 의기소침해진 건 아니다. 카멜리아는 절대로 뾰루퉁해지는 법이 없다.

그래서 난 아까 하던 말을 다시 하려고 중얼거리듯 말했다.

"카멜리아, 그게 아니에요. 아빠 이야기는…… 아빠와 카멜리아 사이의 이야기로 남는 게 좋겠다는 생각이 들어서……."

"수즈, 무슨 말인지 알아."

친구에 관한 한, 카멜리아는 절대로 반대를 일삼는 사람이 아니다.

심지어 난 카멜리아만큼 꼬치꼬치 캐묻지 않는 새엄마는 거의 보지 못했다. 예전처럼 심술궂은 아이들 때문에 내가 또다시 멘붕 상태에 빠지고, 그래서 집에서 홈스쿨을 하지 않을 수 없게 된다면, 난 새엄마가 날 가르치는 것에 조금도 불만을 품지 않을 거다. 다행히도 새엄마는 여론조사 기관에서 일하기 때문에 재택근무가 가능하다. 반면에 간호사인 엄마는 일과표가 훨씬 엄격하다. 하지만 퇴근 후엔 과거에 그랬던 것처럼 엄마도 내 공부에서 부족한 것들을 채워줄 수 있을 것이다. 물론 풍성한 시와 함께……. 아빠는 일주일 동안 했던 과제를 검사하는 감시관 역할을 할 거고, 그러면 난 학교에 발을 들여놓을 필요가 없게 된다. 더군다나 학교가 이사를 하는 행운이라도 일어나면, 거리에서 옛 친구들을 마주치는 위험 같은 건 결코 없을 테지. 물론 나도 늘 다니는 구역 너머로는 절대 벗어나지 않겠지만. 우리 집이 있는 노벨가에서라면, 자급자족이 가능하다. 동네 안에 식료품점도 있고, 내가 다니는 댄스 스쿨뿐 아니라, 우체국, 미장원도 다 있기 때문이다. 게다가 병원도 내가 사는 아파트 1층에 있으니, 얼마든지 은둔의 삶을 살 수 있다.

하지만 톰은 날 입 다물고 가만히 있게 내버려 두고 싶지 않은 모양이다. 다시 또 그 이야기를 시작한다.

"있잖아, 난 비올레타와 끝났어. 이제 걔와는 그냥 친구 사이야……. 걔가 내게 전화한 것도 그 때문이었어."

난 가만히 입을 다물고 있다. 또다시 그가 말한다.

"그리고 로만도. 로만하고도 그냥 친구야. 그냥 몰려다니는 친구일 뿐인 거지. 그래서 너랑……. 그러니까 내 말은 이제 너랑……."

어젯밤과 오늘 아침 사이의 비밀을 알아버린 아빠가 애석하게도 20미터쯤 떨어진 곳에서 우리 앞으로 걸어오고 있다. 아빠가 오면, 톰은 아빠랑 트윈팁 스키와 뒤로 스키 타는 법에 관해 이야기하게 될 거다. 그런데 톰의 감정은 점점 고조되는 중이다. 만일 지금 내가 입을 뗄 수만 있다면, 말하자면 이 입 다물기에서 벗어날 수만 있다면, 바람둥이 톰에게 그의 장난에 대해 내가 어떤 생각을 하고 있는지 분명하게 말해버릴 텐데! 톰은 그동안 했던 이중 플레이로도 모자라서 이젠 나까지 끌어들여 삼중 플레이를 하려고 한다. 나 다음엔 또 누구를 공격할 생각이지? 플뢰르? 걘 우리 그룹의 네 번째 아이다. 순서상으로 네 번째이긴 하지만, 그래도 가깝게 지내는 편이어서, 우리와 함께하는 경우가 자주 있다. 하지만 그 앤 다른 그룹에도 속해 있다. 그래서 완전히 우리 그룹 멤버로 여기진 않는다. 걘 마농, 엠마, 에스텔을 좋아하는데, 비올레타가 에스텔과 다툰 데다가 로만이 엠마와 다퉜기 때문에, 우리 그룹과 엠마네 그룹이 함께 모일 일은 거의 없다. 그래도 우리는 플뢰르를 좋아한다. 사실 〈우리〉라는 건 아주 중요한 단어다. 하지만 얼마 후면 난 〈우리〉가 아니라 〈나〉라고 말하는 걸 다시 배워야 할 거다……. 옛날처럼……. 아무튼 우린 에르미노텔로 들어간다. 그리고 이번엔 입을 다물지 않고 톰에게 분명하게 말한다.

"넌 스키 숙소로 안 돌아가?"

"좀 있다가 갈 거야……. 우리, 미니축구 게임 할래?"

"지금은 점심시간이잖아. 새엄마 돌보러 가야 해. 새엄마가 아프셔……."

두어 발자국 앞에서 걷고 있던 아빠가 내 말을 듣고 한 마디 던졌다.

"천만에, 수진! 큰일 날 소리 하는구나. 새엄마 독감에 옮으면 어쩌려고! 열이 떨어지기 전엔 카멜리아에게 접근 금지야. 제발, 가까이 가면 안 돼! 괜히 코감기, 목감기, 기침감기에 걸리기라도 하면 네 〈작은 문제〉에 좋을 게 하나 없어. 뜨거운 차 좀 갖다 주고 올 테니까, 넌 네 친구랑 여기 있어. 알았지? 이 기회를 이용해서……."

아빠가 사람들 앞에서 〈나의 작은 문제〉에 대해 언급하는 것만 피하면 그런대로 좋은 사람일 텐데……. 도대체 내가 몇 번이나 말해야 하지? 아빠가 〈이 기회를 이용해서〉라고 말했을 때, 그 어조엔 반대의 뜻이 깔려있다는 걸 알았다. 아빠는 자기에게 관심이 쏠리지 않는 걸 싫어한다. 더군다나 아픈 카멜리아를 돌보는 건, 편안하게 프리스타일 스키와 뒤로 가는 스키를 즐기고 싶은 걸 꾹 참고 나랑 스키를 타는 것과 비슷할 것이다. 다시 내 호주머니가 진동했다. 어찌나 계속 울려대던지, 혹시 내 피가 끓고 있는 게 아닌가 하는 생각마저 들었다. 엄마가 보낸 272통의 메시지이길 간절히 바랐다. 그러나 한편으론 메시지를 보낸 주인공이 나의 적군들이길 기대하는 마음도 있었다.

난 새엄마가 아빠와 함께 내려오는 걸 빨리 볼 수 있길 바라면서, 새엄마가 좋아하는 테이블에 앉았다. 혼자 있고 싶은 내 기분을 조금도 눈치채지 못한 톰이 계속 내게 작업을 시도한다.

"점심 먹기 전에 미니축구게임 하자. 박하수 마실래? 내가 쏠게!"

더는 그를 보고 싶지 않다는 걸 어떻게 알아차리게 할 수 있을까? 난 주머니에서 핸드폰을 꺼냈다.

문자1 : 나쁜 계집애, 거짓말쟁이.

문자2 : 왜 톰이 거기 있다는 말 안 했니? 호박씨 까는 네 태도가 정말 싫어.

문자3 : 두고 봐, 가만 안 둘 테니까.

문자4 : 양심에 꺼릴 게 없다면, 왜 거짓말을 했어?

문자5 : 제 발 저릴 게 없는데 거짓말을 했을까?

문자6 : 넌 항상 날 질투하고 시기했었어.

문자7 : 확실히 손봐줄 테니 기대해.

문자8 : 톰은 아무도 좋아하지 않아. 착각하지 마.

문자9 : 작은 동산처럼 사랑스럽고, 메뚜기처럼 가볍고, 성배처럼 쾌활한 나의 수진, 스키를 타고 있는 네 사진 좀 보내주렴. 엄만 말 타고 있는 사진을 보내줄게.

문자10 : 월요일은 네 제삿날이 될 테니 각오해.

문자11 : 비올레타도 나만큼 열 받았어.

문자12 : 로만도 나만큼이나 네가 역겹대. 윽, 토 나오려고 해. 넌 이제 끝장이야.

메시지들을 차례차례 읽어나갔다. 너무 눈물이 나서 톰이 박하수를 마실 건지, 레몬수 아니면 콜라를 먹을 건지 물어봤을 때, 도저히 얼굴을 들 수가 없었다. 그래서 그냥 고개를 푹 숙인 채 〈응〉이라고 대답했다.

11. 내 남친은 내가 정할 거야

톰에게 메시지들을 보여줬다. 그리고 후드티에 얽힌 말다툼, 비올레타와 로만 사이에서 어떻게 해야 할지 몰라서 어정쩡했던 내 반응에 관해서도 이야기해줬다. 톰은 레몬수를 마시면서도 탐내는 눈길로 내 콜라를 쳐다봤고, 결국 자기 레몬수를 다 마신 후에 콜라까지 마셨다. 난 아무것도 마실 기분이 아니었다. 난 아팠고, 무서웠고, 추웠다. 배는 아픈 것 같지 않았지만, 어쩌면 아픈 데도 느끼지 못한 건지도 모른다. 결국, 톰은 자초지종을 다 듣게 되었다. 그 애가 머리카락을 뒤로 넘긴 것도 내 말을 더 잘 듣기 위해서였을 것이다. 갈증이 난다며 내 콜라까지 마셨지만, 표정은 아주 진지했다. 그는 자기가 다 알아서 해결할 테니, 월요일에 대해선 아무 걱정하지 말라고 했다. 자기가 옆에 있을 거라면서……. 그리고 누구든 내게 공격적으로 대하든가, 따지고 든다면 가만 안 두겠다고 했다. 톰이 점심을 먹으러 스키 숙소로 돌아가자, 난 그때부터 본격적으로 아프기 시작했다. 그 애가 내 편을 든다면, 그거야말로 최악의 결과를 몰고 올 것이다. 비올레타와 로만이 보기엔, 그게 바로 내가 그들을 배신했다는 증거가 될 테니까. 아예 거짓말을 해버릴까? 톰이 말하지 말라고 해서 안 했던 거라고……. 걔가 바캉스 중엔 아무와도 메시지를 주고받고 싶지 않다고 해서 할 수 없이 그런 거라고……. 하기야 거짓말은 아무 도움이 되지 않는다. 어쨌든 그들에게 뭔가 메시지를 보내지 않으면 안 되는데, 대체 뭐라고 써야 한단 말인가?

아빠는 점심 먹으러 내려오지 않았다. 아빠도 마음이 편치 않은 듯 했다. 난 혼자 밥을 먹었다. 내 앞엔 아직도 길고 긴 오후가 그대로 남 아있다. 뭔가 대답할 말을 찾고 이 난감한 문제를 해결해야만 한다, 빨리. 나 대신 나와 내 친구들 사이를 화해시켜 줄 사람은 아무도 없 다. 메시지가 소통에 가장 좋은 방법일까? 그렇다고 생각한다. 열네 살의 나는 더 나은 소통 방법을 모른다. 그러니 메시지를 쓰긴 써야겠 는데……. 누구에게 먼저 보내야지? 제비뽑기라도 해야 할까? 로만? 비올레타?

그 애들은 분명히 내가 거짓말했다는 것과 둘 중 누구를 편들 건 지 딱 부러지게 결정하지 못했다는 걸 공격해올 것이다. 그런 공격을 피하려면 둘에게 보내는 메시지를 서로 아귀가 맞게 써야 한다. 가만! 딱 부러지게 결정한다고? 내가? 세상에! 내가 딱 부러지게 결정할 수 있는 애라면, 왜 처음부터 안 했겠어? 레스토랑 안의 사람들은 모두 식사를 끝내고 커피를 마시는 중이었고, 벌써 스키를 타러 나간 사람 들도 있었다. 그렇건만 난 여전히 손도 안 댄 핫도그를 앞에 놓은 채, 등을 잔뜩 웅크리고서 핸드폰 자판을 두드리고 있다. 지우고, 다시 쓰고, 다시 지우고, 다시 쓰고. 그때 다시 톰이 들어왔다. 그를 보는 순간 마음이 더 불편해졌다. 난 이 모든 일의 책임이 그에게 있다고 판단했다. 로만과 비올레타가 그와 사랑에 빠지지만 않았다면, 우린 이렇게 되지 않았을 것이다.

"오후에 같이 스키 탈래?" 그가 제안했다.

난 이미 불안할 대로 불안한 상태다. 그 불안감을 떨치고자 스키를 탄다면, 그건 문제만 더 크게 키울 뿐이다. 점퍼 속에 두 손을 찔러넣고, 머리에 털모자를 푹 눌러쓴 톰은 전도가 유망하고 앞날이 창창한 청년처럼 보인다. 반면, 식당 의자에 수척한 얼굴로 앉아서 핫도그엔 손도 안 댄 채 앉아 있는 난 죽을 날만 기다리고 있는 사람 같아 보이겠지.

"너 아직도 그 못된 계집애들 때문에 걱정하고 있는 거야?" 그가 물었다.

"걔들은 내 친구들이야……."

"그 계집애들은 너랑 상관도 없는 애들이야. 솔직히 난 네가 걔들을 어떻게 생각하는지 잘 모르겠어……. 걔들은 널 미워하잖아. 네가 여기서 날 만난 걸 이야기하지 않았다는, 말도 안 되는 이유로 말이야. 안 그래?"

"맞아."

"그냥 멋대로 생각하라고 해! 대답할 필요도 없어. 걔들이 네가 겁먹고 있다는 걸 알고 좋아하게 만들지 말란 말이야."

〈걔들이 네가 겁먹고 있다는 걸 알고 좋아하게 만들지 마〉. 와, 이런! 이 문장은 완전 엄마의 시 같잖아? 지금 날 언짢게 만드는 건, 내가 조금도 관심이 가지 않는 남자애 때문에 내 친구들하고 싸우고 있다는 사실이다. 정말 그렇다! 톰은 괜찮은 애다. 아빠의 트윈팁 스키를 좋아해주고, 내게 콜라도 사줬다. 또 함께 스키 타러도 간다. 하지만 생각해보면, 우린 여기서 만나기 전엔 친구 사이도 아니었다. 카멜리아는 그 애가 날 좋아하는 거라고 했지만, 설령 그 말이 사실이라고 해도 우리가 〈서로〉 좋아하는 사이는 아니다. 그렇건만 난 스키 타러 가자는 톰의 제안을 거절하는 대신, 이번에도 입을 다물고 말았다. 심지어 톰과 스키를 타러 가도 되냐고 아빠에게 물어보러 올라가기까지 했다. 아빠는 졸리고 억양 없는 목소리로 〈아주 좋은 생각이야〉라고 대답했다. 카멜리아는 아무 대답도 하지 않았다. 난 새엄마가 아직 살아있느냐고 물었다. 아니, 이미 죽은 사람은 나인지도 모르겠다. 아빠가 목욕실로 들어간 순간, 카멜리아가 되살아났는지, 내게 함박웃음을 보이며 한눈을 찡긋했다.

"네 아빠가 어찌나 잔소리를 해대는지! 나 때문에 자기까지 감기에 걸렸다고 말이야! 그래서 지금 네 아빠의 입을 다물게 하려고, 잠든 척 하는 중이야. 때론 이런 작은 거짓말도 괜찮아⋯⋯. 난 가끔 이런 상상도 해본단다, 네 아빠처럼 상냥하지만, 좀 쿨한 면도 있는 그런 남자친구가 있었으면 하는 상상."

그 말을 듣는 순간 내 뇌가 작동을 정지해버렸다. 그래, 이거야! 상상 속의 거짓말이라는 아이디어야말로 더할 수 없이 이상적인 거 아닐까! 주변 사람들이 시비를 걸어올 때마다 나도 상상 속에서 살아보면 어때……? 〈작은 문제〉를 갖고 있던 시절엔 종종 그렇게 했었잖아! 그게 〈내면세계〉라는 이름으로 불린다는 건 몰랐지만.

톰과 난 어렵지 않게 의자식 리프트를 탈 수 있었다. 코치나 아빠와 함께 타던 때랑 전혀 달랐다. 코치와 타면, 내가 시간을 끌 경우 코치가 초조해할 수도 있다는 생각에서 내가 더 초조해진다. 그런가 하면 아빠와 함께 탈 때는 아빠한테 잔소리 듣지 않게 **빠릿빠릿**하게 굴려고 서둘러 문을 열려고 하다가 아빠의 고함을 듣기 일쑤다. 나는 꾸물거리다가 호통치는 소리를 듣는 게 무섭다. 갑자기 화가 났다. 학교에 가면 어떤 일이 기다리고 있을까 너무 겁이 나서 차라리 다리 하나가 부러져서 학교에 갈 수 없게 되면 좋겠다는 생각까지 들었다. 그러자 흔들거리는 의자를 향해 가는 길이 너무나 자연스럽게 느껴졌고, 리프트를 타고 하늘을 날고 있을 때의 현기증조차 익숙한 느낌이었다. 카멜리아의 조언에 따라서 일부러 핸드폰을 방에 놓고 왔는데, 갖고 올 걸 하고 후회가 되었다. 귀에 핸드폰 진동 소리가 들리는 것 같기도 하고, 돌아가면 날 기다리고 있을 메시지들이 두렵기도 했다. 그러나 톰은 하늘을 나는 동안 내가 뭘 두려워하고 있는지 완전히 잊은 것 같다. 자기가 내려가 봤던 슬로프들을 신이 나서 알려주질 않나, 들뜬 목소리로 내일은 저쪽 슬로프로 내려가 보자고 하질 않나……. 친절하게도 훨씬 더 쉽게 내려갈 수 있는 길을 가르쳐 주고 싶어서겠지만. 의자식 리프트에서 내려오는 것도 올라온 것만큼이나 쉬웠다. 게다가 막상 스키를 타고 보니, 웬일로 어찌나 수월하던지 미끄러져 넘어지는 게 오히려 어려울 정도였다. 첫 번째 슬로프를 내려오는데 갑자기 태양이 구름을 몰아냈다. 그러자 순식간에 모든 게 너무 너무 너무 쿨하게 보였다. 〈쿨〉은 카멜리아가 잘 쓰는 단어인데, 여기서 딱 어울리는 표현이 그거였다. 우린 그 슬로프를 몇 번이나 더 탔다. 그러면서 학교 선생님들에 대해, 저녁에 있을 호텔 파티에 대해 이야기했다. 기분이 한층 밝아졌고, 긴장도 풀어졌다. 드디어 친구들에게 한 방 먹일 시간이 다가옴을 느꼈기 때문일까……. 스키를 탄 지 2시간이 지났지만, 난 단 1초도 입 다물기에 들어가지 않았다. 오늘 저녁에도 에르미노텔에서 가라오케의 밤이 있다. 난 톰에게 거기 올 건지 물었다. 머릿속에서 두 친구에게 보낼 메시지가 막 준비된 참이었다. 그 애들에게 어떻게 대응할 건지 정하고 나니, 숨도 제대로 쉴 수 있게 되었고, 심지어 몸 상태까지 좋게 느껴졌다. 그래, 로만과 비올레타에게 동시에 같은 메시지를 보내는 거야! 멋진 계획이야. 오, 빛나는 나의 아이디어!

태양이 기울기 시작했다. 집에 돌아가야 한다. 안 그러면 아빠가 삼림감시원들을 동원하여 〈수진 수색 작전〉에 나설 것이다. 오늘만큼 스키 타는 게 즐거웠던 적이 없다. 하기야 스포츠는 욕구불만을 해소해주는 거잖아! 난 혼자 걸어서 집에 돌아갈 수 있어서 기뻤다. 톰은 스키 숙소로 돌아갔다. 난 숨 돌릴 틈도 없이 신발을 벗고 내 방으로 들어갔다. 카멜리아는 벌써 가라오케의 밤에 갈 준비를 마친 상태였고, 아빠의 표정도 좀 나아 보인다. 흠, 우리 가족도 이제 모든 게 다 좋아진 것 같군. 난 급히 핸드폰이 있는 곳으로 가서, 심지어 새로 온 메시지가 있는지 살펴보지도 않은 채 급히 메시지를 날렸다. 〈로만, 비올레타! 너희들 문자 잘 받았어. 톰은 스키장에서 잘 지내고 있는 것 같아. 그에게 보낼 문자가 있으면 말해줘. 톰을 만날 기회는 거의 없지만, 오늘 밤엔 내가 묵고 있는 호텔에서 열리는 가라오케의 밤에 그 애가 올 가능성이 크거든. 망설이지 말고 메시지 보내줘. 빨리 너희를 보고 싶구나. 난 지금 누군가와 아주 진한 사랑에 빠졌단다. 그 이야기는 나중에 해줄게. 10점 만점에 10점인 매력남이야. 이름은 프란츠.(독일 애)〉

메시지 전송을 하기가 무섭게 두 통의 답장이 왔다.

"그 애랑 키스했니?"

"그 애가 네게 키스했어?"

난 상관 않고 샤워를 하러 갔다. 언젠가는 모든 문제가 풀어지고, 두려움이 완전히 사라지는 날이 올까? 앞으로 어떤 일이 일어날까? 분노는 결국 훌륭한 동력이다.

우리 가족이 아직 테이블에 앉아 있을 때 톰이 왔다. 이젠 그 애를 봐도 별로 짜증이 나지 않는다. 심지어 흐뭇하기까지 하다. 긴장이 풀어진 내 표정을 보고 틀림없이 당황했을 카멜리아는 아마 내가 톰과 사랑에 빠졌기 때문이라고 생각할 거다. 하지만 잘못 짚은 거지! 프란츠와 사랑에 빠진 후부터 난 이렇게 기분이 좋을 수가 없다. 나의 멋진 프란츠, 밀밭 같은 금발에다, 젤을 바르지 않은 산뜻한 머릿결, 녹색 눈동자, 트윈팁 스키가 아닌 평범한 스키를 가진 남자. 그는 프랑스어를 잘은 못하지만, 의사소통은 그런대로 가능하다. 지금 난 친구들이 경험했던 것과 똑같은 걸 차례로 경험해가는 중이다. 아, 난 사랑에 빠졌다! 그는 카키색 파카에 까만색 스키 바지를 입었고, 거울처럼 반사되는 선글라스를 꼈다. 그런데 그에겐 약간의 장애가 있다. 손가락 하나가 없는 거다. 이렇게 상세하게 묘사하면, 로만과 비올레타도 내 말을 믿을 수밖에 없겠지. 다른 애들이 샘을 낼만큼 완벽해야 할 자기 연인에 대해서, 조그만 것이긴 하지만 이런 장애까지 꾸며내는 여자애는 없을 테니까! 난 아홉 개의 손가락을 가진 이 가상의 인물 프란츠를 사랑한다. 이제 그 열 번째 손가락이 어떻게 없어졌는지만 생각해내면 된다. 그리고 그걸 새끼손가락으로 할 건지 집게손가락으로 할 건지만 정하면 된다.

내겐 또 톰이라는 남자 사람 친구가 있다. 스키를 아주 잘 타는 아이인데, 그와 함께 멋진 겨울 휴가를 지내는 중이다. 가끔 내 손을 잡아서 짜증 나게 만드는 녀석이긴 하지만……. 난 그의 손을 거절한다. 내겐 〈안 돼〉라고 말할 권리가 있다! 심지어 사람들 사이를 뚫고 지나가서, 카멜리아가 카나리아 목소리로 노래하고 있는 가라오케 무대

밑까지 가자고 잡아끄는 손까지도 과감하게 거절한다. 내겐 프란츠라
는 남자친구가 있으니까!

12. 내 귀를 잘 덮고 있는 머리카락

　〈가라오케의 밤〉이 시작하는 그 시각부터 프란츠는 내가 자신의 존재를 마음껏 이용할 수 있게 해주었다. 핸드폰이 울렸다. 비올레타였다. 〈톰이랑 같이 있니?〉 난 침착함을 잃지 않고 대답했다. 〈프란츠랑 함께 있어. 하지만 톰이 멀리 있지 않으니까, 내가 가서 메시지 전해줄게. 언제든 말만 해. 그럼 이만. 프란츠는 내가 자기랑 있을 때 모바일을 들여다보는 걸 싫어하거든!〉

　〈모바일〉이라는 단어를 생각해낸 게 너무나 자랑스러웠다. 비올레타가 그 단어를 프란츠라는 이름과 동일시할 거라는 확신이 들어서, 다음 메시지를 기다렸다. 〈내게 문자 좀 보내라고 톰에게 말해줄 수 있니? 부탁해.〉라고 문자를 보내온 건 로만이었다. 그 애들이 둘 중 누군가의 집에 함께 있다는 걸 확신할 수 있었다. 난 몇 분 정도 기다렸다가 답문을 썼다. 〈지금 프란츠랑 같이 있어. 짬을 낼 수 있을지 모르겠지만, 혹시 톰을 보게 되면 네 말을 전해줄게, 안녕!〉

　사실, 한두 가지 거짓말이면 충분히 자신을 방어할 수 있다. 이번에도 새엄마가 옳았다. 실용적인 거짓말과 머릿속에 있는 가상의 연인! 됐어, 이렇게 전진하는 거야! 인생은 그렇게 복잡한 게 아니야!

톰은 정말 짜증이 난 표정이다. 날 쳐다보면서 바르나베와 무슨 이야기를 나누는 중이다. 내 이야기를 하는 걸까? 손에 핸드폰을 들고 그들에게 다가갔다. 그리고 로만과 비올레타에게 전화해주라고 톰에게 말했다. 급한 일 같다고. 톰의 눈에 분노가 일었다…….

"로만이든 비올레타든 내가 알 게 뭐야! 그딴 멍청한 계집애들과 내가 무슨 상관인데! 꺼지라고 해!"

내 내면의 프란츠가 금새 잠들어 버렸나 보다. 화상처럼 욱신거리는 통증이 마음을 스치고 지나간 걸 보면. 깨어있다면 틀림없이 날 보호해줬을 텐데……. 지금 난 불안을 느낀다. 먼저 머리카락이 내 귀를 잘 덮고 있는지부터 확인한다. 그러고는 뒤로 물러나서 몸을 돌려 비앙카가 있는 쪽으로 발걸음을 옮기다가, 레오카디가 있는 쪽으로 방향을 바꿨다. 실은 엄마와 아빠 사이에 끼어 앉은 그 애가 아까부터 내게 작은 손짓을 보내고 있었는데, 난 일부러 못 본 척하고 있었다. 레오카디의 엄마가 내 쪽으로 그 애의 등을 떼밀었다. 그 애의 엄마 아빠는 그리 나쁜 분들 같아 보이지 않는다. 그 애가 오후반 스키 수업에 대해 말하면서, 나랑 같이 스키를 탈 수 있게 오전반으로 바꾸고 싶은데, 아침엔 엄마랑 수영장에 가야 해서 그럴 수 없다고 말했다. 그 시간 동안 그 애의 아빠는 스키장 근처에서 일자리를 찾는다고 했다. 가족이 아예 이곳 오수아로 이사 올 계획이라는 것이다. 레오카디의 엄마는 그 계획이 썩 마음에 들진 않지만 그래도 남편의 뜻에 따르기로 했는데, 도시에서 사는 동안 남편의 건강이 나빠져서 공기 맑은 산 근처에 살 필요가 있기 때문이라고 했다. 하지만 레오카디는 바다를 더 좋아하고, 엄마는 농촌을 더 좋아한다고 말했다. 그 말을 들으면서, 그 애가 자기 할아버지, 할머니의 취향까지 말할 건지, 여기서 그칠 건지 궁금했다. 그 애는 〈작은 문제〉를 갖고 있을 때의 나랑 비슷한 점이 있다. 어떻게든 다른 애들과 소통하고 싶은데, 그게 쉽지 않아서 힘들어하는 것이다. 그래서 자꾸 나랑 가까워지고 싶어 한다. 그러나 바캉스가 끝나면, 우린 편지 한 통 정도는 주고받겠지만, 그 이상은 아닐 것이다. 그러니 나로선 그 애의 삶을 다 알아야 할 필요는 없다. 왜냐하면, 아빠가 어느 스키장에서도 만족하는 법이 없어서 매년 스키장을 바꾸기 때문에, 내년엔 오수아에 오지 않을 게 뻔하기 때문이다. 그러니 내가 레오카디를 다시 만날 일은 절대로 없을 거다. 하지만 뭐, 좋다. 혼자 있는 것보단 누군가랑 이야기하느라 바쁜 것처럼 보이는 게 나을 테니까. 레오카디는 내게 속마음을 털어놓아서 시원한 표정이다. 그 앤 이번 휴가 동안 너무나 많은 감정을 꾹 누르고 있었던 것 같다. 자기 이야기를 하고, 또 하는 걸 보면. 덕분에 레오카디에게 아주 행복하게 잘 사는 미국인 사촌들이 있다는 걸 알았다. 그 앤 마치 자기 사촌들이 인생을 전부 알고 있는 것처럼 말했고, 그들이 사는 집도 묘사해주었다. 그 애 말대로라면, 셀린 디용의 집과 똑같이 생긴 집이다. 수영장이 하나밖에 없다는 것만 빼고는. 유감스럽게도 수영장의 크기는 목욕탕 정도밖에 되지 않는단다. 레오카디는 사촌들을 직접 만나보진 못하고 사진으로만 봤을 뿐이지만, 언젠간 프랑스인 펜팔 상대처럼 자기를 환영해줄 거라고 했다. 또래인 사촌 마르타(마르샤라고 발음해야 한다)는 핸드볼을 한다는데, 레오카디는 계속 〈앤드볼〉이라고 발음했다. 그 사촌들 집에선 일요일마다 온 가족이 모여서 웃음꽃이 핀다고 한다. 그래서 초콜릿 쿠키를 먹고, 카드놀이도 하고, 주사위 놀이도 하고, 스펀지 놀이도 한단다. 응? 스펀지 놀이?

"응." 레오카디가 대답했다. "스펀지 놀이. 맞아, 틀림없이 스펀지 놀이야."

그 애도 긴가민가한 게 분명하다. 틀림없이 뭔가 잘못 알았을 거다. 난 그런 실수를 지적하며 놀리는 그런 애는 아니다. 프란츠가 그러는 걸 몹시 싫어할 테니까! 게다가 나 역시 나 자신의 과거를 잊지 않고 있으니까.

톰은 내가 있는 쪽을 쳐다보지도 않았다. 내가 그 정도로 톰을 화나게 한 걸까? 계속 레오카디의 말을 듣고 있지만, 마음은 편치 않았다. 그때 비앙카와 시빌이 다가왔다. 그 두 애는 마치 한 사람처럼 보였다. 똑같이 검은 망사로 된 패티코트 스커트를 입고 서로 몸을 밀착하고 있어서였다.

"톰이 너한테 화난 거야?" 둘이 한목소리로 물었다.

"우리가 뭔가 좀 도와줄까?" 비앙카가 좋아죽겠다는 표정을 감추지 못한 채 짐짓 걱정하는 듯이 말했다.

하지만 바로 그때 톰이 우리 쪽으로 왔기 때문에 비앙카가 수고할 필요는 없었다. 톰은 이제 화가 난 게 아니라, 난처한 표정이다. 그는 분노가 사그라진 눈길로 내 눈을 들여다봤다. 뭔가 알고 싶은 것 같은데, 그게 뭐지?

톰의 눈길이 뭘 말하는지 새엄마에게 해석해달라는 부탁은 하지 않을 셈이다. 그가 스스로 말할 때까지 기다리기로 했다. 또다시 핸드폰이 울렸다. 로만의 메시지다. 〈톰이 아직 메시지를 보내지 않고 있어. 그건 쿨하지 않은 태도라고 말해줘. 내가 한 말처럼 하지 말고, 네 말인 것처럼 해줄래?〉 톰이 날 바라봤다. 로만이나 비올레타에게서 온 메시지라는 걸 알아차린 것 같았다. 난 잠자코 있었다. 또 한 방 먹은 기분이다. 난 다시 입을 다물고, 고개를 숙였다. 그러자 톰이 다가와서 말했다.

"조금 전에 미안했어, 수진. 하지만 그 계집애들이 여기까지 와서도 날 짜증 나게 하잖아! 우리 밖에 나갈래?"

톰은 대답할 틈도 주지 않고 어느새 자기 점퍼를 벗어서 내 어깨 위에 걸쳤다. 내 머릿속의 프란츠가 아무리 자기랑 있어 달라며 내 머리카락을 잡아당겨도 소용없었다. 난 톰의 다정한 태도에 이끌려 밖으로 나갔고, 머리 위로 별빛이 반짝이는 에르미노텔의 테라스에 그와 단둘이 있게 되었다. 톰이 먼저 말을 꺼냈다.

"미안해, 수진. 정말로. 신경질 부릴 일이 아니었는데 말이야. 로만과 비올레타가 너한테 못돼먹게 굴고 있다는 걸 알고 나니까, 참을 수가 있어야지. 싹수없게 말하는 것도 모자라서 널 괴롭히기까지 하잖아, 내 말이 틀렸어?"

"괴롭히는 것까진 아니고……."

"넌 너무 착해……. 앉을래?"

톰이 벤치를 가리키며 말했다. 그래서 별빛 가득한 하늘 아래 톰과 함께 앉게 되었다. 달나라에 있는 TV 방송국에서 지구에 있는 나를 촬영하는 일이 제발 없길 바랐다. 나의 두 친구가 어느 날 이 장면을 봤다간, 그날로 난 죽은 목숨이기 때문이다.

"개학하고 첫 주 토요일에 친구들을 저녁 식사에 초대할 계획인데, 너도 올래?" 톰이 물었다.

저녁 식사? 식탁 앞에 앉아서 접시에 나오는 요리를 먹는 진짜 저녁 식사? 햄버거 같은 패스트푸드가 아니고? 우아, 그렇다면 나도 이제 〈파자마의 밤〉 같은 걸 할 나이는 지났다는 소리인가? 엄마가 이 사실을 알게 되면…….

"로만과 비올레타도 오겠지만, 그 애들 말고도 여러 명이 더 올 테니까 걱정 안 해도 돼. 올 거지?"

"토요일? 미안하지만, 난 안 돼. 그날 우리 집안에 결혼식이 있거든. 다음번에 기회가 되면 갈게……."

그 말을 톰이 믿었는지 어쩐지 모르겠다. 하지만 난 아직 그런 저녁 식사에 초대받을 준비가 되어 있지 않다. 내 친구들과 화해할 수 있는 유일한 방법은 그 저녁 식사에 초대되지 않는 거다. 설령 그 애들이 내가 어떤 바캉스를 보냈는지에 대해 조금이라도 미심쩍게 여긴다고 해도, 또 톰과 어쩌다 한 번씩 마주쳤을 뿐이라고 한 나의 말을 그 애들이 의심한다고 해도, 내가 그 저녁 식사 자리에 없으면 그 애들은 일단 안심할 것이다. 반대로 내가 프란츠와의 데이트에 대해 아무리 레전드급 이야기를 펼친다 해도, 저녁 식사에 가는 건 의심을 사게 할 것이다. 난 아직 너무 소심하다. 그러니 겨우 일주일 사이에 내가 그 정도로 성숙한다는 건 불가능하다.

벤치에 앉아서 하는 우리의 대화는 아빠 때문에 중단되었다. 트윈팁 스키를 옆에 끼고 있지 않은 아빠는 톰과 비슷한 기분을 느끼는 듯했다. 말하자면 낭만적인 밤을 보내고 싶은 기분. 우리로부터 몇 미터 떨어진 테라스의 난간 옆에 기대선 아빠가 새엄마를 꼭 껴안고 있었기 때문이다. 새엄마는 우리를 봤지만, 아빠는 우리를 보지 못했다. 톰과 나는 킥킥거리면서 몸을 웅크렸다. 난 아빠에게 우리 모습을 들키고 싶지 않았다. 이상한 오해를 해서 날 짜증 나게 하던지, 아니면 짜증 나는 농담을 던질 게 분명하기 때문이다. 분명히 새엄마는 아빠에게 날 봤다는 말을 하지 않고, 살살 유도해서 실내로 들어가게 할 것이다. 마침 우리 뒤에 손님용으로 쌓아둔 담요들이 있었다. 톰이 하나를 꺼내서 내 머리 위로 던졌고, 난 그것을 머리부터 뒤집어썼다. 톰도 그렇게 했다. 난 코만 내밀고 톰을 바라보았다. 톰도 얼굴을 숨긴 채

눈만 내놓았다. 그때 난 여자애들이 어째서 톰을 좋아하는지 알았다. 톰은 사람을 똑바로 바라보는 강렬한 시선을 갖고 있었다. 밑으로도, 위로도, 옆으로도 두지 않고 상대방을 정면으로 바라보는 대담한 시선. 그 앤 마치 사격 조준이라도 하듯이 날 바라보았다. 내가 아직 어려서 완전히 확신할 수는 없지만, 그런 시선이 여자의 마음을 단숨에 빼앗아버리는 남성적인 시선일 거라는 생각이 들었다. 그런데 갑자기 톰이 웃음을 터뜨렸고, 그 소리에 아빠가 뒤를 돌아보았다. 그리고 우리를 발견하곤 미소를 지었다. 카멜리아도 키득거리면서, 젖은 의자에 그렇게 앉아 있으면 감기 걸린다고 말했다. 그러고 보니 우린 의자가 젖어있는지도 몰랐다. 아직 어린애들로 취급받고 있다는 게 왠지 그리 나쁘지 않았다. 아빠와 새엄마는 우리를 따뜻한 실내로 들여보냈고, 우리 뒤에서 문이 닫혔다. 실내의 따뜻한 바람 때문에 내 머리카락이 약간 들떴지만, 난 개의치 않았다. 멋진 마지막 밤이 나를 기다리고 있다. 자, 전진하는 거야!

13. 톰을 위한 다리 세 개 달린 닭 요리

다음 주 토요일에 톰의 집에서 열리는 저녁 식사에 초대받았지만, 안 갈 생각이라고 엄마에게 말했다. 그 순간 엄마가 닭 요리를 먹다 말고 놀라서 컥 하는 바람에 엄마 목이 막혀버리는 줄 알았다. 엄마는 내가 아빠랑 휴가를 보내고 돌아오면 언제나 닭 요리를 해준다. 엄마가 내게 닭 다리 하나를 내밀었다. 내가 그걸 먹고 나자 또 하나를 내밀었다. 거절하는데도 엄마는 억지로 받게 했다. 그러고는 별로 좋아하지도 않는 퍽퍽한 닭가슴살을 집으면서, 닭가슴살이 제일 맛있다고, 전혀 퍽퍽하지 않다고 강조하며 말했다. 엄마는 내가 좋아하는 걸 위해서라면 뭐든 기꺼이 포기한다.

"무슨 일이 있어도 그 친구 집에 저녁 먹으러 가." 엄마가 말했다. "너도 네 또래 소녀들처럼 지내야지. 수진! 제발 부탁이니까, 토요일 저녁에 엄마랑 같이 있으려고 외출하지 않겠다는 생각은 버리렴! 마침 잘 됐지 뭐니, 다음 주 토요일엔 나도 합창 연습이 있거든."

내가 톰의 집에 가지 않으려는 건 엄마랑 같이 있기 위해서가 결코 아니다. 순전히 나를 위해서다. 난 거기 가고 싶지 않다. 그게 다 나의 전략이고, 순전히 자발적으로 그러는 거다! 하지만 그 상황에 대한 엄마의 이해는 전혀 달랐다.

"엄마 말 들어. 넌 거기 꼭 가야 해." 엄마가 강조했다. "엄마는 합창팀 친구들이랑 합창 연습하러 갈 거야. 아마 자정 가까이 돼야 돌아올걸. 그러니 너도 가서 저녁 먹고 와. 합창 끝나고 돌아오는 길에 엄마가 데리러 갈게."

토요일 밤에 친구들이랑 자정까지 합창 연습을 한다고? 합창 연습은 화요일 저녁이잖아! 엄마는 내가 바보인 줄 아나?

스키장에서 돌아오던 날, 내가 우리 아파트에서 나오는 비비앙 아저씨와 마주쳤다는 사실을 엄마는 모른다. 자동차 정비공인 비비앙을 향해 아빠가 즐겁게 클랙슨 소리를 빵빵 울리면서, 카멜리아에게 말했었다. "카미, 저기 봐. 저 사람이 비비앙이야. 그때 내 변속기를 수리해 준 사람, 기억나?!" 그러고는 손가락으로 정비소가 있는 방향을 가리켰다. 노벨가 모퉁이에 있는 정비소다. 그러나 아빠는 비비앙 아저씨가 우리 아파트에서 나왔다는 사실에 전혀 놀라지 않았다. 물론 난 입을 다물었다. 하지만 난 엄마와 비비앙 아저씨 사이에 뭔가 분명치 않은, 혹은 너무나 분명한 썸이 있다는 걸 즉시 눈치챘다. 아, 내 촉은 확실히 레전드급이야……. 아빠는 비비앙이 가는 방향을 줄곧 눈으로 좇아가면서, 계속 그 아저씨를 칭찬했다. 그가 얼마나 친절하고 재미있는 사람인지, 얼마나 능숙하고 똑 부러지게 일을 하는지, 얼마나 정직한 사람인지……. 그리곤 정비공으로 지내기엔 아까운 사람이라는 말도 덧붙였다. 그때 카멜리아가 말을 중단시켰다.

"비비앙이 여자가 아니어서 다행이지 뭐야. 안 그랬으면 엄청 질투할 뻔했네! 어쨌든 부탁이니까, 제발 사람을 직업이나 클래스로 구분하는 것 좀 그만해……."

우리 세 사람은 모두 자동차에서 내렸다. 트렁크를 열고 내 가방을 꺼내는 아빠는 내 몸집에 비해서 가방이 너무 크다고 투덜거리고 싶은 걸 꾹 참는 대신, 함부로 가방을 다뤘다. 우당탕탕. 그러고는 지붕 위에 올려놓은 트윈팁 스키를 조금도 건드리지 않고 트렁크를 열 수 있어서 다행이었다며 좋아했다. 현관 인터폰을 누르자, 엄마가 기쁨을 참지 못하고 외쳤다. <우아아아아아 내려갈게에에에에 우리 수즈ㅇㅇㅇㅇㅇ!> 나의 귀환은 엄마에게 믿기 어려울 정도로 엄청난 효과를 낸다. 아빠가 카멜리아 옆으로 슬쩍 다가갔다. 카멜리아가 우리 엄마에 대해 질투심을 멈춘 지가 언제인데! 아빠는 카멜리아가 자신에게 가장 소중하고, 누구보다 우선권을 가진 존재라는 걸 카멜리아 본인에게 확인시켜줘야 한다고 생각한 거다. 하지만 카멜리아는 오히려 아빠로부터 1미터 정도 거리를 두었다. 우리 엄마 앞에서 둘이 그렇게 찰싹 달라붙어 있는 모습이 좀 불편하다고 생각했기 때문이다. 엄마는 내가 다섯 살, 여섯 살, 일곱 살, 여덟 살……짜리 애라도 되는 것처럼 내 목을 덥석 끌어안았다. 감정으로 충만한 그 장면을 보며 카멜리아가 미소를 지었고, 아빠는 오랜 친구 사이처럼 엄마의 어깨를 토닥였다. 그러고는 휴가에서 돌아올 때마다 늘 그렇듯이 "자세한 이야기는 수즈가 해줄 거야, 정말 멋진 휴가였어."라고 엄마에게 말했다. 그러면 난 가장의 의견에 동의하면서 엄청 즐거웠다는 듯한 표정을 짓는다. 이런 의례가 끝나면 카멜리아와 아빠는 자동차에 몸을 싣고 떠나고, 엄마와 난 우리 집으로 올라간다.

내 방에 들어가자 침대 위에 놓여 있는 작은 선물들이 보였다. 딸이 집을 떠났다가 돌아올 때마다 그 딸의 귀가를 축하하기 위해 엄마가 준비하는 〈아무도 못 말리는 행사〉다. 내가 흥미로워할 신문 기사들, 향수 견본품, 알록달록한 비누들, 책, 빨강, 파랑, 검정의 bic 볼펜……. 엄마는 매일 내 침대 위에서 얼마나 날 생각하고 있는지에 대한 이야기를 시로 표현한다. 그래서 엄마의 선물엔 항상 시가 덤으로 따라온다. 침대 위로 풀썩 몸을 던지는 나를 엄마가 바라본다. 난 침대 위에 깜짝 선물들이 있다는 걸 알고 있고, 엄마는 내가 그런 선물 더미를 항상 기대하고 있다는 걸 알기 때문이다. 엄마는 작은 꾸러미들을 여느라 분주한 나를 지켜보느라고 휴가 동안 어떻게 지냈는지 물어보는 것도 잊어버린다. 그리고 조금 시간이 지난 후에 휴가에 대해 미처 물어보지 못했다고 자책하면, 그때 난 마지못해서 억지로 정보를 전하듯이 대충 이야기하는 거로 휴가 보고를 끝내곤 한다.

"난 그날 친척 결혼식이 있어서 저녁 초대에 못 간다고 친구들에게 말했어요. 말은 그랬지만, 집에 있을 거니까 너무 걱정하지 마, 엄마."

"집에 있겠다고? 그리고 친척 결혼식이라니? 왜 거짓말을 했어?" 엄마가 자꾸 캐물었다.

만일 엄마에게 친구들이 나한테 화를 내고 있다는 거랑 그들과의 관계를 회복해보려고 내가 벌인 일이랑 톰과의 문제까지 모조리 다 설명하면, 엄만 지나치게 신경을 쓸 게 틀림없다. 그러면 엄마는 내가 그 문제로 더 고민하지 못하게 하거나, (결국은 같은 결과인데) 엄마가 나 대신 고민해주려고 할 거다. 하지만 난 나를 믿는다. 개학일이자 월요일인 내일, 친구들에게 다음 주말에 결혼식에 가야 한다는 이야기를 내가 먼저 꺼내고, 프란츠도 거기 올 거라고 덧붙일 생각이다. 그리고 로만과 비올레타가 톰에게 초대받았다고 신이 나서 자랑하는 말들을 잠자코 다 들어줄 거다. 그러고는 난 초대받지 못했다고 말할 셈이다. 그러면 그 애들은 톰이 나랑 아무 관계가 없다는 증거를 갖게 될 거고, 어쩌면 난 다시 친구들을 얻을 수 있을 것이다.

난 엄마가 더 질문하지 못하게 내 방으로 뺑소니쳤다. 확실히 난 내 방에 있는 게 더 좋다.

"전화 왔다! 수진, 네게 온 거야!" 엄마가 소리쳤다.

분명히 할머니겠지, 하고 생각했다. 내게 핸드폰이 있다는 걸 염두에 두지 않는 유일한 사람이 할머니이기 때문이다. 난 곧 방에서 나와 수화기를 들었다. 그리고 할머니가 좋아하는 아기 목소리로 말했다.

"할머니이이이이! 흐응, 오수아에서 전화를 못 드려서 죄송해용. 종일 스키를 탔거든요. 게다가 핸드폰만 꺼내면 아빠가 뭐라고 하시는 바람에……. 멋진 휴가를 보내고 왔어요. 하지만 엄마가 보고 싶었어요. 당연히 할머니도 보고 싶었죠옹! 아 참, 이종은 잘 지내요?"

"아, 저기…… 안녕, 수진. 나, 톰이야."

"아……. 안녕, 톰. 아, 너구나. 음…… 그러니까…… 이종은 개 이름이야. 할머니가 키우시는 개."

괜찮아! 수진, 입 다물지 마, 할머니에게 어리광부리느라 우스꽝스러운 짓 좀 한 건데, 뭐 어때! 아무튼, 시작은 잘한 거야. 틀린 말 한 것도 아니야, 이종은 개가 맞잖아! 놀라서 경직된 것까진 아니지만, 난 마치 할머니에게 하듯이 몸집 큰 아기처럼 어리광이 잔뜩 배인 목소리로 말하고 말았다. 그것도 겨울 스키장에서 만난 남자 사람 친구에게! 학교에서 결코 단짝이 될 수 없는 아이에게! 으아아아아악, 내일 학교에서 톰이 말을 걸어오면 어떻게 해애애애애애!

"네가 개를 키우고 있는 줄 몰랐어." 톰이 말했다.

"우리 할머니 개야." 내가 말했다.

"할머니가 계신 줄도 몰랐네……."

"두 분이나 계시는걸. 외할머니, 친할머니."

긴 침묵. 머릿속이 하얘졌다. 시인의 마음으로 충만해진 엄마가 언젠가 했던 표현을 따르면, 내 머릿속에 하얗게 눈이 내렸다. 톰이 다시 말을 이었다.

"수진, 물어볼 게 있어서 전화했어……. 식사 초대를 금요일로 바꾸면 올 수 있니? 토요일에 결혼식이 있다고 했으니까, 금요일이면 올 수 있지 않을까?"

"미안하지만 안 돼. 금요일 저녁에 떠날 거거든. 결혼식이 메츠에서 있어서 말이야."

"그럼, 다음 주로 바꿀게. 그래, 그렇게 하자. 네가 안 오면 실망이 클 거야……."

"다음 주는 아빠 집에서 지내게 돼. 2주에 한 번은 아빠 집에서 주말을 보내거든. 아빠 집에 있을 땐 외출하지 않고 집에만 있어서……."

확실해진 게 하나 있다! 내가 거짓말하기로 마음만 먹으면, 레일 위를 달리는 기차처럼 일사천리로 나갈 수 있다는 걸. 톰은 몹시 실망한 눈치였다. 그는 한 주를 더 늦추면 어떻겠냐고 물었다. 하지만 난 얼마든지 또 다른 결혼식 이야기를 만들어낼 준비가 되어있었다. 하지만 톰은 내가 거짓말할 기회를 주지 않고 말했다.

"좋아, 수진. 억지로 꾸며내는 건 인제 그만해……. 네가 내 초대를 계속 거절하는 건 로만과 비올레타 때문이지? 그 애들이 널 미워할까 봐 두려워서 그러니? 그 애들이 네게 겁을 주는 거야? 그래?"

"두렵다고? 내가? 아냐, 절대 그렇지 않아. 그저 학교 밖의 내 사생활이 있을 뿐이야……."

"수진, 어제저녁만 해도 우린 긴 벤치에 같이 앉아 있었잖아, 안 그래?"

"응, 좋은 시간이었어! 아, 미안, 전화 끊을게. 엄마가 저녁 먹으라고 부르셔서……."

"오케이, 수진. 그럼 내일 봐……."

엄마가 그 마지막 말을 들었다.

"수진, 엄마는 걱정이 되는구나. 다리 세 개 달린 닭은 없어. 우리는 벌써 저녁을 먹었다고 생각했는데, 아니었어? 아직 배가 고픈 거니?"

14. 언젠가는 진정한 프란츠를

학교. 휴가 동안 학교 안에는 아무것도 변한 게 없었다. 빨간색, 녹색의 기둥들이 여전히 같은 자리에 서서, 칙칙한 잿빛 운동장에 활기를 불어넣고 있다. 학교 안쪽에 화장실의 창문들이 보였다. 거울이 없는 화장실이다. 학생들이 너무 거울을 들여다본다고 교장 선생님이 다 떼어내셨기 때문이다. 교장 선생님은 우리가 외모에 신경 쓰는 걸 자제해주길 바라신다. 하지만 난 손거울을 갖고 있어서, 운동장에 들어설 때면 정면으로는 못 봐도 옆으로 슬쩍 내 낯짝을 들여다볼 수 있다. 이크, 낯짝이라니! 엄마 미안! 얼굴이라고 해야 하는데……. 어쨌거나 낯짝은 낯짝이니까. 어젯밤 내 방이 너무 더워서였을까, 아니면 깃털 이불 밑에 머리를 묻고 자서였을까? 얼굴이 퉁퉁 부었다. 게다가 습기에 한껏 저항하는 머리카락은 열심히 귀밑으로 내려도 자꾸 곱슬거리며 들뜬다. 덕분에 오늘 아침의 난 엄청 괴상하게 보인다. 게다가 눈빛도 뭔가 자책할 거리를 가진 사람에게서 볼 수 있는 떨떠름한 눈빛이다. 벌써 와 있는 로만이 보였다. 저만치서 내 표정을 샅샅이 훑는 작업을 이미 끝낸 게 분명하다. 날 향해 뛰듯이 걸어오고 있는 걸 보면. 난 머릿속으로 되풀이했다. 〈프란츠. 결론. 쿨. 별일 없어. 톰? 산? 아, 그래. 아주 잠깐 스치면서 봤어.〉

"안녕, 수즈!" 로만이 경보 선수 같은 걸음으로 다가오면서 말했다. "잘 지냈니? 바캉스 잘 보냈어? 난 정말 신나게 보냈어! 계속 비올레타와 함께 지냈는데, 너무 재미있어서 혼이 쏙 빠질 정도였어. 넌 어땠어? 스키 탔어? 톰을 만났어?"

애는 본론으로 들어가기 전에 웬 서두가 그렇게 긴 거야? 정말로 듣고 싶었을 유일한 대답은 마지막 질문일 텐데.

"톰?" 난 조용히 침착하게 대답했다. 훈련한 보람이 있도록.

어젯밤 잠자리에 든 나는, 잠이 안 오면 구구단을 외우라고 했던 엄마의 말을 뒷전으로 밀어놓은 채, 꽤 오랜 시간 동안 자연스러운 표정 짓기 연습을 하고 또 했다. 그리고 지금 그렇게 연습한 결과물을 로만 앞에서 보여주는 중이다. 그런데 로만은 그런 나를 또 어찌나 유연하게 잘 받아들이는지, 애도 나처럼 표정 연습을 하고 나온 것 같다.

"응, 톰. 스키 타면서 톰을 봤지? 안 그래?" 로만이 물었다.

"응, 마주쳤지. 꽤 여러 번. 슬로프 위에서도, 호텔에서도. 산 정상에 있는 휴게소에서도 봤어. 궁금하다면…… 걘 줄곧 친구들하고 같이 있더라. 세 명이었던가……. 아마 그랬을 거야."

"여자애들?"

"여자애 둘하고 남자애 한 명이었던 것 같아. 신경 써서 본 게 아니어서 확신할 순 없지만."

"여자애 둘? 어떤 애들이었는데?"

"그냥 여자 사람 친구."

"그걸 네가 어떻게 알아?" 로만이 집요하게 물었다.

그건 진지한 질문이었으며, 절대 그냥 끝날 수 없는 질문이었다. 때마침 비올레타가 막 도착했다. 수업 종이 울리려면 아직 4분이 남았다. 난 어떻게든 그 4분을 버텨야 한다, 나의 두 고문관 앞에서. 드디어 프란츠를 불러낼 시간이다. 존재하지도 않는 멋진 금발의 내 연인에게 최대한 집중해야 한다. 그래서 비올레타가 우리 있는 곳까지 오기 직전에 그 주제를 뽑아 든다.

"아무래도 난 사랑에 빠진 것 같아."

"네가?" 막 도착한 비올레타가 묻는다.

"응. 너무 깊이 빠져버렸어. 프란츠에게."

"몇 살인데?" 로만이 묻는다.

"열다섯." 내가 말한다. 이번에도 아주 자연스럽게.

비올레타는 금방 열광할 것 같았건만, 그전에 뭔가 내게 물어볼 게 있단다.

"그전에 먼저 말해 봐. 톰을 봤어? 그 애가 스키 타는 거 봤어? 혼자 있었어? 너희 둘이 같이 스키 탄 적도 있어?"

수진! 정신 차렷! 우물쭈물하지 말고 대수롭지 않다는 표정을 지어야 해. 그래, 대답을 망설이면 안 돼.

"사실 난 스키에 영 소질이 없어. 톰과 마주쳤을 때 보니까, 걘 아주 잘 타더라. 하지만 내겐 스키가 별로…… 안 맞는 것 같아. 스키는 항상 프란츠와 함께 탔어……."

"톰이 무슨 말 한 것 없어? 우리에 대해서라든가? 나에 대해서?"

"무슨 말? 어떤 말?"

"나에 대한 거." 로만이 말했다. "아니면 비올레타에 관한 이야기든지……."

"아니, 우린 학교 이야기는 전혀 안 했어. 그냥 날씨 이야기만 좀 했던 것 같아."

"숙녀분들, 안녕!" 목소리의 주인공이 말과 동시에 내 어깨를 툭 쳤다.

"톰!" 로만과 비올레타가 한목소리로 외쳤다.

"찌르르릉!" 수업 종소리가 들렸고, 우린 교실을 향해 뛰었다. 물론 내가 제일 먼저 내달렸다. 아주 빨리. 그런데 이런! 뒤따라온 톰의 손이 내 어깨를 잡는 게 아닌가! 운이 없게도 월요일 아침엔 톰과 우리 셋이 함께 수업을 듣는다. 로만과 비올레타는 내가 자기들에게서 도망쳤다고 생각할 거다. 하지만 수업 시간에 늦으면 프랑스어 선생님인 소뱅 부인에게 꾸중을 들을까 봐 그랬다고 핑계를 대면 댄다. 내가 속도를 내자, 톰도 속도를 냈다. 내가 속도를 늦추면 톰도 속도를 늦췄다. 그런 우리를 로만과 비올레타가 주시하고 있었다.

"점심때 이야기 좀 해." 톰이 내게 조그만 소리로 중얼거리듯 말했다.

난 입을 다물었다.

톰이 멀어져가자, 로만이 물었다.

"쟤가 뭐래?"

"누구?"

"톰."

"톰?"

"응."

"아무 말도. 네겐?"

로만이 날 옆눈으로 쳐다봤지만, 그보다 내가 먼저 그럴듯한 표정을 지었다. 완전 순진무구한 얼간이처럼 맹한 표정. 내가 다시 예전처럼 로만과 비올레타 사이에 앉을 수 있었다는 건 그 표정이 먹혔다는 증거다.

그럼 이제 갈등은 묻힌 걸까? 어쨌든 로만과 비올레타가 긴장을 좀 푼 건 분명하다. 두 애는 더는 날 배척하지 않았다. 소뱅 선생님이 시험지를 깜빡하고 교무실에 놓고 오신 걸 모르고, 계속 가방 속에서 찾고 계시는 동안, 비올레타가 내게 여러 가지 소식을 전해줬다. 사실 톰과 자기는 완전히 끝난 사이라는 것, 톰과 로만도 끝이 나서, 이제 로만은 카이를 좋아한다는 것, 자기들이 톰과 다시 전처럼 이야기하면서 친구로 지내려는 건, 그가 축구를 하기 때문이라는 것, 카이도 축구 시합에 나가니까, 톰을 통해서 카이에게 접근하고 싶다는 것 등등. 그러면서 비올레타는 자기는 카이의 절친인 마이크랑 사귀고 싶다고 했다. 난 내가 만들어낸 상상 속의 프란츠를 소개하는 것 외엔, 다른 아무 말도 덧붙일 수 없었다. 그저 톰이 더는 내 친구들과 나 사이에 불협화음을 일으키는 존재가 아니라는 사실만 즐기면 되었다. 그런데도 한 가지 질문이 내 혀끝을 간질였다. 왜 난 이토록 로만과 비올레타에게 매달리는 걸까? 〈너희들의 공격적인 메시지에 상처 받았어〉하고 솔직하게 말하지 못하게 막는 건 대체 뭘까? 아무튼, 두 친구 사이에 앉으니 완전히 예전으로 돌아간 느낌이었다. 난 우리 사이에 어떤 것도 변하길 원치 않는다. 사춘기라는 녀석이 날 뒤죽박죽으로 만들고, 또한 내 친구들을 뒤죽박죽으로 만든다는 걸 나도 안다. 하지만 우리가 지금까지 서로 나눈 모든 이야기가 갑자기 중단될 순 없다고 믿고 싶다. 우리가 서로를 향해, 네가 좋아, 로만, 넌 너무 예뻐, 수즈, 비올레타, 나도 네가 좋아, 라고 말할 땐, 서로 진심에서 나온 말이라고 믿고 싶다.

프란츠를 생각한다. 언젠가는 나의 진정한 프란츠를 만나게 될 거라고 믿는다. 그는 마이크도, 카이도 닮지 않았을 것이다. 하지만 우리가 서로 사랑한다고 말할 때, 그건 진실일 것이다.

15. 거짓말이란 방어막

프랑스어 수업이 끝난 후, 톰이 또다시 저녁 식사 이야기로 나를 곤란하게 만들었다. 아, 이러니 그가 끈질기게 달라붙는다는 생각을 하지 않을 수 없다. 그렇다면 그 애가 나를 사랑하게 되었다는 건가? 아직은 그럴 리 없다고 믿는다. 톰이 플뢰르와 이야기하는 걸 로만이 봤다고 한다. 그 애가 바람둥이인 건 사실이지만, 난 그에게서 한 가지 장점을 발견했다. 아주 예리한 녀석이라는 거다. 토요일에 결혼식에 가야 한다고 했을 때, 내 말이 거짓이라는 걸 꿰뚫어 보지 않았던가! 내가 계속 허튼소리들을 늘어놨을 때, 톰이 강조했었다. 내가 반드시 자기가 초대하는 저녁 식사 자리에 와야 한다고. 그리고 내 친구들의 반응 같은 건 무시해야 한다고. 난 내가 톰과 이야기하는 걸 로만과 비올레타가 보고 있다는 게 두려워서, 그냥 지나가려고 그를 떠밀었다. 그런데 그 녀석이 갑자기 내 손을 잡는 게 아닌가! 그의 손이 뜨거웠다. 아, 미묘한 상황. 난 나중에 전화하겠다고 말하고는 그의 손을 뿌리쳤다. 다행히도 비올레타는 핸드폰을 들여다보며 머리를 빗고 있었고, 로만은 청바지 밑단을 한 번 접을까 두 번 접을까 고민 중이었다. 그래서 둘 다 우리의 밀담 장면을 눈치채지 못했다. 휴우.

점심때면 우리 셋은 늘 학교 식당에서 밥을 먹는다. 로만의 집에 가서 점심을 먹는 월요일과 우리 집에서 먹는 금요일만 빼고. 로만의 집에는 로만의 쌍둥이 동생 알렉시스가 있다. 로만의 집에 갈 때마다 알렉시스도 대개 한두 명의 친구들을 데리고 왔는데, 그 애들은 조금도 호감이 가지 않는 애들이라서 우리는 마주치지 않으려고 늘 피해 다닌다. 그 애들이 가끔 우리에게 친절하게 굴 때도 있지만, 우리의 행동이나 목소리를 흉내 내며 놀릴 때가 더 많다. 그래서 우리는 주로 로만의 방에 들어가서 방문을 잠근 채 샌드위치를 먹고, 화장실에 갈 때도 꼭 셋이 같이 간다. 언젠가 나 혼자 화장실에 간 적이 있는데, 그때 그 애들이 내 걸음걸이를 흉내 내면서 놀려댔었다. 정말 고약하고 못된 애들이라고 생각했다. 그 이야기를 로만에게 했을 때, 로만은 동생을 호되게 야단치겠다고 약속했었다. 그러나 내가 알기론 로만은 한번도 알렉시스를 나무란 적이 없다. 그 애를 너무 무서워해서 날 방어해줄 수 없는 거다. 로만은 자기를 방어하는 것만으로도 다행이라 여겨야 할 판이다. 불쌍한 로만……. 언젠가 로만이 알렉시스는 다이아몬드 게임판의 말을 자기에게 던지는 장난을 좋아한다고 한 적이 있다. 그래도 로만은 그 이야기를 부모님께 하지 않았다. 고자질했다간 더 큰 보복을 당할까 봐 두려웠던 거다. 동생이 자기 화장품 상자를 던져버릴지도 모르기 때문이다.

양상추와 달걀과 마요네즈로 만든 내 샌드위치를 베어 먹으면서, 난 친구들과 함께 있다는 사실에 크나큰 안도감을 느꼈다. 아침만 해도 앞으로는 줄곧 혼자 집에 와서 점심을 먹어야 할지도 모른다고 엄마에게 미리 말해두었었는데! 로만과 비올레타가 드디어 프란츠에 대해서 질문하기 시작했다. 난 얼른 상상 속의 내 남자친구, 녹색 눈동자를 가진 금발 소년에 대한 정확한 기억들을 끌어모았다. 그리고 그걸 실제처럼 이야기했다. 친구들과 함께 있기 위해서 거짓말이 필요하다면, 난 서슴지 않고 거짓말을 할 것이다. 그런데 거짓말을 하는 동안 난 정말로 그 소년을 알고 있는 게 아닐까 하는 생각마저 들었다.

"프란츠는 또래보다 훨씬 나이가 들어 보여." 내가 샌드위치를 조심스럽게 씹으면서 말했다.

마치 입에 가득한 음식물로 부푼 두 뺨이 친구들의 시선으로부터 날 가려주기라도 할 것처럼.

"프란츠 사진 갖고 있니?" 비올레타가 물었다.

"그래, 우리한테 보여줘!" 로만이 외쳤다.

"집에 있어. 한 장……."

"뭐? 핸드폰에 저장된 게 아니고?"

"핸드폰엔 없고, 프란츠가 증명사진을 한 장 준 게 있어……."

"아니, 어떻게 그럴 수가 있어? 둘이 찍은 셀카가 한 장도 없단 말이야?"

확실한 건, 여기서 우물쭈물 머뭇거리면, 거짓말이라는 게 단박에 탄로 난다는 거다. 그래서 이번엔 절대로 입 다물기를 하지 않겠노라고 단단히 결심했다, 절대 입 다물지 않겠어.

"한 장도 없어. 거기 있는 동안 프란츠에게 너무 정신이 팔려있었거든. 셀카 찍는 건 생각도 못했지 뭐. 그의 모습을 두 눈에 새겨 넣기도 바빴다니까! 우리는 손잡고 석양도 바라보고, 티-바 리프트에서 처음으로 키스도 해봤어."

"뭐? 티-바 리프트에서? 정말?"

오, 이런! 몰상식한 바보짓을 하고 말았다는 걸 금방 깨달았다. 티-바 리프트는 공중에 매달려가는 게 아니라, 케이블에서 내려온 기다란 막대기 같은 걸 한 사람씩 잡고, 기차처럼 줄줄이 올라가는 1인용 리프트다. 스키에 소질은 없어도, 그 정도는 알고 있다.

"응." 이왕 하게 된 거짓말이니, 진짜처럼 들리게 해야겠다고 마음먹었다. "그게 어떻게 된 거냐면…… 내가 리프트를 타고 올라가는데, 스키를 타고 내려오던 프란츠가 갑자기 내게로 돌진한 거야. 리프트에서 떨어질까 무서워서 나도 모르게 그를 붙잡았지 뭐. 그러다가 키스하게 된 거야."

"뭐야! 그럼 넌 혹시 누구랑 키스하는지도 몰랐던 거 아니야?" 로만이 기분이 언짢은 것 같았다.

"물론 알았지! 그가 내려오는 걸 봤으니까. 처음엔 같이 출발했지만, 내가 다시 올라갈 땐 프란츠가 벌써 내려오는 중이었어. 나보다 속도가 훨씬 빨랐으니까. 프로 선수처럼 잘 타거든……. 그래서 서로 마주친 거야, 난 올라가고, 그는 내려오고. 그러다 갑자기 그가 내 입술을 훔친 거지……."

"훔쳤다고? 네가 승낙한 게 아니고?" 비올레타가 갑자기 웃음을 터뜨렸다.

"물론이야, 나도 원했어!" 난 기쁨에 들뜬 얼굴로 기억력을 총동원해가며 말했다.

그때 누가 방문을 두드렸다. 알렉시스가 폴과 함께 감자 칩을 갖고서 있었다. 폴은 알렉시스의 친구 중 한 명이다. 그때까지는 한 번도 그를 가까이서 본 적이 없었다. 알렉시스의 친구들은 대부분 벽 뒤로 도망치면서 놀려대는 그림자 같은 존재들이다. 그런데 폴은…… 그를 너무 쳐다보면, 내 눈에 파란 멍이 들지도 모르겠다는 생각이 들었다. 그만큼 인상적이었다. 솔직히 말해서 난 지금까지 남자애들에겐 눈곱만치도 관심이 없었다. 하지만 키가 크고 얼굴도 잘 생긴데다, 상냥하기까지 한 폴 같은 애라면……. 폴은 갈색 머리의 프란츠 같다……. 두 남자애는 어느새 성큼 방 안에 들어와 있었다. 비올레타가 날 바라봤다. 들어온 의도가 미심쩍다는 뜻이다. 틀림없이 나랑 같은 생각을 했을 거다. 걔들이 온 건 순전히 우리 이야기를 엿들었다가 나중에 놀려먹으려는 거라고.

그때 로만이 느닷없이 저녁 식사에 초대받은 이야기를 꺼냈다. 아마우리가 어른처럼 진짜 저녁 파티에 정식으로 초대받았다는 걸 동생에게 자랑하고 싶어서 그랬을 것이다. 지금까지 남자애들이 축구 클럽에서 정기적으로 여는 파티에 대해 늘 으스대며 말해왔기 때문이다.

"수진, 넌 그날 무슨 옷 입고 갈 거니?" 별안간 로만이 물었다.

"난 초대받지 않았어." 드디어 그 문제를 꺼낼 수 있게 되어 다행이라 여기며 말했다.

"뭐?" 비올레타가 놀라서 물었다. "톰이 널 초대하지 않았다고? 아니, 왜? 우리 반 애들 거의 모두를 초대했는데……. 어째서 네겐 말하지 않은 거지?"

로만의 시선이 어두워지는가 싶더니, 갑자기 머릿속에 한 줄기 빛이 들어간 것처럼 외쳤다.

"아! 난 알 것 같아!"

"뭘?" 비올레타가 물었다.

"톰이 일부러 수진을 초대하지 않은 거야. 수진을 좋아하게 되었기 때문이겠지. 걔는 완전히 환자야! 날 좋아했다가, 비올레타, 널 좋아했다가 이젠 수진을 원하는 거라고! 수진의 관심을 끌고 싶어서 일부러 수진에게 관심 없는 척한 거야. 기가 막혀! 걔가 축구 클럽 회원만 아니라면, 그런 애랑은 말도 섞지 않았을 거야!"

알렉시스가 즉각 반응했다.

"로만, 네가 언제부터 축구에 관심을 가졌는데?"

로만은 동생에게 자기 사생활 이야기를 하고 싶은 생각이 조금도 없었다. 그래서 내년 체육 시간엔 축구에 도전해보고 싶어서 규칙이라도 좀 알아보려고 그런다고 했다.

폴이 날 바라봤다. 톰이 날 초대하지 않았다는 말에 호기심이 발동

한 듯했다. 그는 알렉시스의 친구인데도 다른 애들 같지 않았다. 다른 애들은 나면 보면 놀리려고 드는데……. 아무튼, 로만의 이야기가 폴의 관심을 끌었던 것 같다. 계속 입 다물고 있는 내 태도와 함께. 그는 손으로 나를 툭 치면서 토요일 3시에 축구 클럽 입구에서 기다리겠다고 말했다. 그러고는 알렉시스를 향해 "너도 찬성이지?" 하고 물었고, 알렉시스는 고개를 끄덕이면서 누나에게 "알았지?" 하면서 도움을 청했다. 그러자 로만과 비올레타가 축구 클럽 앞의 〈허그〉에서 만나자고 했다. 그러면서 로만은 내가 잊고 있던 것을 상기시켜 주었다. 다음 주 토요일엔 결혼식에 가야 한다는 거.

"수진, 넌 못 오겠구나. 그날 결혼식에 가야 한다며?"

16. 새엄마는 해결사

"수진, 인생은 진실해야 해. 언제나 정직하지 않으면 안 되는 거야."

이따금 엄마의 말이 내 일상을 찌르며 다가올 때가 있다. 난 내 방에 숨어 커튼을 내린 채 토요일이 흘러가는 걸 지켜봐야 했다. 엄마는 합창모임(엄마 말에 따르면)에 간다면서 조금 전에 집을 나섰다. 존재하지도 않는 프란츠와 함께, 결코 존재하지 않는 결혼식에 있어야 할나. 난 지금 존재할 확률이 점점 줄어들고 있는 셀카를 어떻게 만들어낼지 골머리를 썩이며 고민하는 중이다. 오늘 나는 결혼식에 가는 대신, 집 안에 숨어서 온종일 혼자 지내야 한다. 〈나의 프란츠〉의 사진을보여주겠다고 친구들에게 약속했기 때문에, 이 문제를 어떻게 해결해야 할지 난감하기 그지없다. 엄마가 문을 나섰을 때 나도 살그머니 방을 나섰다. 그래 봤자, 겨우 복도까지지만. 이전까지는 엄마의 외출로텅 빈 아파트에 혼자 있을 기회를 손꼽아 기다렸었다. 그런데 하필이면 그 드문 기회가 찾아온 오늘, 도저히 감당할 수 없는 문제를 해결하며 하루를 보내야 한다니! 내 거짓말을 어떻게 수습해야 할지는 전혀 모르겠지만, 엄마가 내 거짓말을 너무나 잘 알아차릴 거란 건 확실히 안다. 엄마는 외출하기 전, 주방 식탁 위에 쟁반 하나를 올려놓고, 화살표가 그려진 포스트잇들을 냉장고 있는 데까지 몇 개나 차례로 주욱 붙여 놓았다. 쟁반에 올릴 저녁 식사가 냉장고에 들어있다는 뜻이다. 엄마가 외출하는 일은 아주 드물다. 어쩌다 외출할 일이 있을 때면, 엄마는 날 위해 특별 요리를 준비해 놓는다. 난 도로 쪽으로 창이 나 있는 주방의 불을 켜면서, 혹시라도 친구들이 창문 밑을 지나가다가 우리 집에 누가 있다는 걸 알게 될까 봐 겁이 났다. 난 엄마와 함께 그 망할 놈의 결혼식에 간 거로 되어있기 때문이다. 오늘 오후 로만과 비올레타가 축구 클럽에서 카이와 마이크를 만나 재미있는 시간을 보내는 동안, 난 결혼 서약식을 보기 위해 메츠의 시청에 있는 것으로 되어있다. 또 걔들이 톰이 초대한 저녁 식사에 가기 위해서 단장하고 있는 지금은 결혼식 피로연에 있어야 할 시간이다. 하지만 현실 속의 난 혼자 집에 남아 냉장고 안에서 엄마가 준비해둔 저녁 식사를 찾는 보물찾기 게임을 해야 한다.

아, 정말 싫다! 난 어쩌면 이렇게 바보 같을까! 나란 애는 너무 멍청해서, 입 다물고 있지 않을 땐 도대체 무슨 짓을 저지를지 모르는 애다. 거짓말도 기술이건만, 내겐 그런 기술이 없다. 그건 엄마도 마찬가지다. <합창모임>에 간다고 하면서, 파티 갈 때나 신는 구두에다 여름용 빨간 원피스를 입고 가다니! 더욱이 입가에 걸린 미소도 감추지 못했다. 엄마가 "수즈, 엄마 다녀올게!"라고 말하고, 이어서 딸깍 문 닫히는 소리가 들렸을 때, 난 얼른 창문으로 가서 밖을 내려다봤다. 아파트 밑에서 장미 꽃다발을 들고 엄마를 기다리는 비비앙 아저씨가 보였다. 그 순간 비비앙 아저씨 사진을 찍어서 프란츠인 것처럼 꾸며볼

까 하는 생각을 아주 잠깐 해봤다. 하지만 아저씨는 적어도 마흔일
곱은 되었을 거다. 엄마는 비비앙 아저씨의 품으로 뛰어들었다가 얼른
몸을 떼고는 아저씨 손을 잡아끌고 거리 모퉁이로 총총 사라졌다.
혹시라도 내가 보면 어쩔까 하는 생각에 불안했을 거다. 흠, 엄마와 비
비앙 아저씨 사이엔 이미 썸씽이 시작되었던 거로군. 왜 엄마는 내게 거
짓말을 했을까?

쟁반 위에 눈사람처럼 모양을 낸 방울토마토와 새우요리가 담긴 접
시를 올려놓았다. 한동안 초콜릿 케이크를 추피(프랑스 동화에 나오는
펭귄 캐릭터) 모양으로 만들던 엄마는 몇 달 전부턴 그걸 중단하고, 서
너 살짜리 아기들을 위한 귀여운 캐릭터 모양의 요리를 계속 만들고
있다. 여섯 시. 이제 저녁 먹을 일만 남았다. 저녁을 먹고 난 뒤엔 죽을
때까지 TV 앞에 죽치고 앉아 있어야 할 판이다.

전화벨이 울린다. 헛, 사람 살려! 아빠 전화라면, 내 핸드폰으로 다
시 전화하겠지. 내가 어떻게 지내는지 궁금해서 엄마가 전화한 거라
면? 물론 엄마도 다시 핸드폰으로 전화할 게 당연해. 그럼…… 할머
니? 할머니는 지금 시간에 전화하시지 않는다. 유감스럽게도 벨 소리
는 계속 울린다. 혹시 연쇄살인범이 건물 안을 돌아다니고 있다고 경
고해주려는 이웃 사람일까? 대체 저 벨은 왜 저렇게 오랫동안 울리는
거지? 난 손에 접시를 든 채 그 자리에 얼어붙고 말았다. 로만? 비올

레타? 그 애들이 내게 함정을 판 걸까? 혹시 내가 거짓말하고 있다는 걸 알아차린 걸까? 설마 톰의 저녁 식사에 초대받은 애들이 몽땅 우리 집 밑에 와 있는 건 아니겠지? 결혼식에도 가지 않고, 프란츠도 없이 혼자 있는 나를 현행범으로 잡아가려고……? 드디어 벨 소리가 끊어졌다. 만일 할머니의 전화였다면, 할머니는 엄마에게 전화하실 테고, 엄마는 별일이 없는지 확인하기 위해 곧장 내게 전화를 할 것이다. 그럼 난 목욕하고 있었노라고 대답해야겠지. 거짓말은 언제나 거짓말을 낳기 마련이다. 이젠 계속 거짓말하지 않으면 안 될 판이다. 드르르르 드르르르……. 이번엔 핸드폰이다. 엇! 톰이잖아! 사람 살려, 누구 없어요? 도와주세요! 내가 결혼식에 참석 중이라면, 그의 전화를 받지 않는 게 논리적이다. 그래서 핸드폰이 울리도록 내버려 둔다. 이런! 집 전화도 다시 울리기 시작한다. 동시에 두 개가 울리다니! 적어도 집 전화는 톰이 아니라는 게 확실하다. 신경을 딴 데로 돌리기 위해 이번 주에 해야 할 숙제를 검토해보기로 한다. 다른 걸 생각해야 해. 공부해야지. 전진하는 거야. 이 시간을 이용해야 한다고! 지금이야말로 종이에 대해 발표하기로 한 과제물에 전념해야 할 때다. 그 주제에 정통하다면서, 과제물 작성을 도와줄 수 있다던 아빠에게 전화해봐야겠다. 과제물 제출할 날짜가 아직 멀었다면 좀 좋아! 아무튼, 공부를 하면, 그러니까 꽤 집중해서 공부하면, 전화벨 소리가 들리지 않을지도 모른다. 그 전에 먼저 지저분한 가방 속부터 정리해야겠지. 그래서 다시 내 방으로 들어간다. 책상, 집중, 그게 내가 지금 하려는 거다. 그새 내 핸드폰이 꺼졌다. 이젠 아무도 전화하지 않는다. 그래도 날 기억해주는 메시지 하나가 깜빡거린다. 좋아, 메시지부터 받아보자. 그러고 나서 공부하는 거야. <수진, 톰이야. 저녁 식사가 시작되기 전에 할 말이 있어서 문자 남겨. 지금이라도 늦지 않았으니, 마음이 바뀌면 저녁 먹으러 와. 언제든 환영이니까. 다른 애들에겐 그냥 어머니가 편찮으셔서 결혼식에 못 갔다고 말하면 돼. 기다릴게. 네가 꼭 왔으면 좋겠어. 안녕.>

톰은 내 거짓말을 믿지 않는 것 같다. 6시 15분이다. 아직은 비올레타와 로만에게 전화해서 결혼식에 못 갔다고 말할 시간이 있다……. 하지만…… 그럼 왜 3시에 축구 클럽에 오지 않았느냐고 할 텐데, 그땐 뭐라고 하지? 로만은 틀림없이 그렇게 물을 것이고, 그러면 또 곤란해진다. 그러니 지금 와서 생각을 바꾸면 안 된다. 거짓말을 번복해도 안 된다. 내일부턴, 맹세하는데, 더는 거짓말을 하지 않겠다. 하지만 지금만큼은 난 확실히 결혼식에 와 있는 거다. 이걸로 결정. 끝!

불빛이 모두 꺼졌다. 난 가끔 창가로 다가가서 도로 모퉁이에 있는 비비앙의 정비소를 바라본다. 엄마와 아저씨는 식당에 있을까, 아니면 아저씨 집에 있을까? 이상한 일이지만, 이런 시간에 이야기를 나누고 싶은 사람은 카멜리아다. 왜 뜬금없이 새엄마가 생각날까? 어쩐지 카멜리아에게만은 솔직하게 모든 걸 다 털어놓을 수 있을 것 같다. 그러면 괜히 마음이 편해질 것 같다. 새엄마라면 내가 새로운 아이로 거듭

나기 위해서, 월요일과 그 이후에 내가 어떻게 행동해야 할지 조언해줄 수 있을 거다. 시도해볼까? 지금까진 거의 표현을 안 해봤지만, 평소에 무시하듯 대했던 새엄마에게 이번만큼은 내 마음을 털어놔보고 싶다.

"어머, 수즈!" 새엄마는 전화를 받자마자 그렇게 외쳤다. "잘 지내지? 난 아빠랑 지금 음악 프로 〈더 보이스〉를 보려고 해! 너도 그러니?"

새엄마는 정말 신기한 사람이다. 아빠가 TV를 보게 만드는 데 성공하다니! 게다가 다른 프로도 아닌 예능 프로를! 도대체 어떻게 그게 가능했던 거지? 정말 이해할 수 없다. 아빠가 새엄마 뒤에서 뭐라고 했는데, 〈고문〉이라는 단어만 들렸을 뿐, 곧 새엄마의 웃음소리로 덮이고 말았다. 새엄마는 정말 대단하다. 난 그저 물어볼 게 있다고만 했을 뿐인데, 새엄마는 비밀스러운 대화가 필요하다는 걸 대뜸 알아차리고 이렇게 말했다.

"네 아빠가 뒤에서 하도 잔소리를 해서 잘 안 들려. 저쪽 방에 가서 받을게!"

그러고 나서 더 작은 소리로 말했다.

"됐어, 수즈. 지금 욕실이야. 말해봐……."

그래서 내 문제를 풀어놓았다. 톰이 저녁 식사에 초대했는데 내가 거절했다, 친구들이 내가 자기들을 배신하고 톰의 여자친구가 되었다고 비난할까 봐 그랬다, 그러다 그만 프란츠라는 상상 속의 인물까지

만들어내고 말았다, 더군다나 있지도 않은 결혼식 이야기까지 해버렸다, 그래서 월요일에 프란츠와 함께 찍은 셀카를 갖고 가야 하는데 셀카 없이 빈손으로 갈 생각을 하니 차라리 죽고 싶은 기분이다…….

"수즈, 셀카 같은 건 월요일이 아니라 지금 당장 보내야지! 너희 또래는 종일 서로 메시지를 주고받느라 시간을 다 보내잖아. 그런 애들이 월요일까지 기다렸다가 학교에 사진을 갖고 간다고? 말도 안 되는 소리지."

"하지만 프란츠 사진이 없잖아요. 존재하지도 않는 사람인데……."

카멜리아는 마법의 모자 속에서 기적 같은 해결책을 꺼냈다.

"프란츠가 좀 못생겨도 괜찮겠어?"

"무슨 뜻이에요? 못생기다니?" 내가 물었다.

"예를 들면 내 조카 루방 같이 생긴 애. 어때?"

루방! 아, 악몽이야! 카멜리아는 조카와 가까이 지내려고 늘 신경 쓴다. 걔는 새엄마 오빠의 아들인데, 좀 무식하다고 해야 할지, 모자란다고 해야 할지, 아무튼 그런 애다. 우리 가족은 가끔 그 애와 함께 주말을 보낼 때가 있는데, 언젠가 바캉스 때 넷이 같은 방에서 자야 했던 적이 있었다. 정말 끔찍했다. 걔가 잠자기 전에, 자기는 무릎 꿇고 기도하는 걸 좋아한다면서 무릎으로 기어 다녔기 때문이다! 그렇게 나쁜 애 같진 않고, 그저 좀 길들지 않은 거친 아이 같았다. 어쨌든 난 그 애를 좋게 볼 수는 없었다고, 친구들에게 그렇게 이야기했었다. 하지만 아빠는 카멜리아가 몹시 예뻐하는 루방을 불평 없이 받아들이는 것이, 늘 나를 돌봐주는 카멜리아의 친절에 보답하는 거라고 말하고는 했다.

"루방? 정말 그것 외엔 다른 해결책이 없는 거예요?"

"수즈, 작년에 너희 둘이 스페인에서 찍었던 멋진 사진 몇 장이 있어. 너희 둘 다 아주 예쁘게 나온 사진이야……. 그걸로 내가 한번 만들어볼게!"

"하지만 스페인이라면……. 그때 우린 수영복을 입고 있었잖아요, 날씨도 좋았고……. 지금 우리는 2월에 메츠에서 열린 결혼식에 참석한 거란 말이에요."

"걱정하지 마. 그건 내가 고칠 수 있어! 아무튼, 오늘 결혼식은 내게 맡겨. 멋진 셀카를 만들어줄 테니까, 수즈!"

난 궁지에 몰린 처지였으니, 승낙하지 않을 수 없었다.

"그런데요……. 금발로 해줄 수 있어요? 친구들에게 프란츠가 금발이라고 했거든요……. 그리고 손가락도 하나 없는 거로 해줄래요?"

"뭐? 손가락 하나가 없다고? 하여간 최대한 할 수 있는 데까지 해볼게. 하지만 수즈, 셀카 문제가 해결된 다음에 어떻게 할지에 대해서 먼저 말해보자. 네가 한 거짓말 말이야……."

17. 엄마의 거짓말과 진심

　엄마의 거짓말을 재미있게 여길 수도 있었을 텐데, 지금 내겐 그 거짓말이 꽤 거슬린다. 엄마는 아침부터 콧노래를 불렀었다. 그리고 엄마가 속한 합창팀이 최고 중의 최고라는 말까지 했다. 최고 중의 최고라고? 휘발유를 가득 채웠을 때처럼?

　밤이 되었지만, 난 잠을 잘 수 없었다. 우선 아빠가 과제 작성을 도와주긴 하는데, 먼저 내가 스스로 조사를 다 끝내고 나서 마무리 작업을 도와주겠다는 조건을 붙였기 때문이다. 세상에, 그건 날 도와주는 게 아니잖아! 그다음엔 엄마가 1시 12분에 들어오는 소리를 들었는데, 굿나잇 키스도 안 해주고 내 방을 지나 엄마 방으로 곧장 들어갔기 때문이다. 엄마가 외출했다 돌아와서 내게 입을 맞추지 않은 건 이번이 처음이다. 끝으로 카멜리아가 했던 말이 밤새도록 머릿속에서 떠나지 않았다. 카멜리아는 내가 했던 거짓말들을 〈화해를 위한 작전〉이라고 부르며 그리 심각하게 여기진 않았다. 하지만 그런 작은 거짓말이 날 얼마나 곤궁에 처하게 했는지를 상기시키면서, 이 일을 바로잡기 위해서 앞으로 내가 해야 할 일들을 알려주었다. 우리 사이에 정해진 건, 카멜리아가 내게 셀카를 만들어주고, 대신 난 거짓말로 야기된 모든 상황을 확실히 마무리하기로 한 거다. 첫째, 친구들에게 프란츠와 끝났다고 이야기할 것. 그래야만 가지도 않았던 결혼식에 관해 이런저런 이야기를 하면서 또 다른 거짓말을 만드는 불행을 피할 수 있기 때문이다. 둘째, 만에 하나, 친구들이 엄마에게 그 결혼식 이야기를 꺼냈을 때, 엄마가 실수하지 않도록 엄마에게 내 거짓말을 털어놓을 것. 셋째, 톰에겐 내가 그를 좋아하지 않는다는 걸 분명하게 밝힐 것. 새엄마 말에 따르면 톰이 나를 좋아하고 있다는 것이다. 이제 모든 상황이 분명해졌다. 친구들이 나를 호되게 몰아붙이지만 않는다면, 난 친구들과 건강한 관계를 회복하게 될 터다. 그래서 새엄마와의 거래를 받아들였다. 새엄마가 내 삶의 평온을 되찾게 해주려고 그런 조건들을 제시했다는 걸 잘 안다. 하지만 입 다물기를 그칠 것, 그리고 거짓말을 하지 않을 것, 이 두 가지를 받아들인다는 건 얼마나 어려운 일인가!

따라서 난 내가 꾸며냈던 거짓 결혼 이야기를 엄마에게 설명해야만 한다. 내게 거짓말을 했던 엄마에게! 그러나 그 전에 다행히도 카멜리아가 보내준 셀카를 가질 수 있어서 얼마나 기뻤는지 모른다. 최대한 클로즈업해서 만든 루방과 나는 이탈리아 아이스크림을 손에 들고 장난스럽게 웃으면서 앞을 바라보고 있었다. 배경이 된 해변의 종려나무는 녹색의 숲으로 바뀌었고, 나의 비치 드레스는 결혼식에 갈 때 입을만한 정장 원피스로 바뀐 데다 검은색 물을 들였다. 내 입술도 약간 더 붉어졌다. 루방의 머리카락은 금발이라기보단 붉은색에 더 가까웠는데, 어쨌거나 숱이 많은 검은 머리의 색을 바꿔놓는 데 성공했다. 문제는 선글라스다. 카멜리아는 사진과 함께 보낸 메시지에서 "루방이 결막염으로 고생하고 있다고 말하면 될 거야."하고 조언해주었다……. 그리고 이어서 "자, 수즈, 당장 엄마에게 이 사건의 자초지종을 전부 솔직하게 설명하렴. 너의 새로운 삶이 진실 속에서 시작되길!"이라는 말로, 우리 사이의 계약을 상기시켜 주었다.

난 마침내 친구들에게 셀카를 보냈다. 야호, 살았다! 이제 친구들이 내 말을 믿겠지.

엄마는 이해심이 많고 열린 사고방식을 가진 사람이다. 그래서 언제나 내 비밀과 경험들을 잘 공감해준다. 그런데 이번엔 평소보다 더 호기심을 보였다. 말하자면, 엄마는 내가 다 말하지 않고 일부만 털어놓았다고 생각했는지, 전부 다 말해주길 바랐다.

"그런데 왜 내 딸이 거짓말을 했을까? 엄마는 분명히 저녁 식사하러 가라고 말했는데!"

그 말에 짜증이 났다. 거기 안 간 이유를 여태껏 설명했는데! 다시 처음부터 설명해야 했다.

"로만과 비올레타가 날 단단히 벼르고 있었어. 내가 스키장에서 톰의 여자친구가 되었다면서 말이야. 톰이 날 식사에 초대했다는 걸 개들이 알았다면, 또 내가 그 자리에 갔었다면, 개들은 두고두고 날 미워했을 거야. 그래서 그런 오해를 받지 않으려고 프란츠라는 남자친구가 있다고 거짓말한 거야. 그리고 저녁 식사에 가지 않을 구실을 만들기 위해 결혼식에 간다고 했고, 거기서 프란츠를 만날 거라고 했던 거지……."

"그럼 전부 거짓말이야? 프란츠도?"

엄마는 프란츠가 존재할지도 모른다는 생각에 조금 당황했던 것 같다.

"그럼! 완전히 거짓이지. 내가 꾸며낸 말이라니까. 톰과 엮이지 않으려고 만들어낸 상상 속의 남자친구라고."

"톰? 톰은 마음에 드니?" 엄마가 물었다.

"아니. 전혀. 하지만 그 애는 내가 좋은가 봐. 그게 골치 아프다는 거야. 내 친구들이 그걸 알면, 질투심으로 미칠 거거든……."

엄마가 잠시 생각에 잠겼다. 내가 엄마에게 부탁한 건 단 한 가지, 혹시라도 내 친구들이 결혼식 이야기를 꺼내면, 결혼식에 갔었다고 거짓말을 해달라는 거였다. 그건 그리 어렵고 복잡한 게 아니니까! 그런데 엄마의 표정이 어두웠다. 엄마가 천천히 말했다.

"수진, 그게…… 문제는 말이야……. 어젯밤에 레스토랑에서 로만 부모님을 만났어……. 비올레타 부모님이랑…… 함께 저녁 식사를 하고 계시더구나……. 어…… 그래서…… 서로 인사를 나눴는데…… 로만과 비올레타도 톰의 집에 저녁 먹으러 가는 걸 싫어하더냐고 내가 물어봤어……. 그래서 알게 됐지, 걔들은 거기 갔었다는 거……."

우르릉 콰꽝! 하늘이 무너져 내렸다! 이 무슨 날벼락인가……. 난 더 듣고 있을 수가 없어서 쏘아붙이듯이 물었다.

"엄마가 어제저녁에 레스토랑에 있었다고? 합창 연습하러 간 게 아니었어?"

엄마의 얼굴이 붉어졌다. 엄마는 피어오르는 미소를 꾹 참으려는 듯 내 눈길을 피하며 말했다.

"수진, 엄마도 할 말이 있는데…… 실은 어제 엄마도 거짓말을 했어. 네게…… 내가 잘못한 거야. 오늘 이렇게 진실을 고백하지 않을 수 없게 돼서 한편으론 기쁘기도 해. 하지만 거짓말을 통해 알리게 되었다는 게 얼마나 어리석은지 모르겠구나. 수진, 엄마는 어제 합창하러 간 게 아니라, 저녁 먹으러 갔었어, 어떤 사람이랑……."

"어떤 사람이랑?" 난 그 어느 때보다 공격적인 어조로 물었다.

"응, 수진. 비비앙 아저씨. 너도 알고 있는 그 정비사 비비앙 말이야……. 우리는 서로 깊이 존경하고 있어. 가끔 동네에서 마주치곤 했었는데, 네가 스키장에 갔을 때, 몇 번 만나서 같이 커피를 마시게 됐어. 그런데 어제저녁에 그가 날 저녁 식사에 초대한 거야."

"엄마는 왜 거짓말했어?"

"그냥…… 네게 말하기가 좀 거북했어. 아빠랑 헤어진 후에 내 맘에 들었던 첫 번째 남자인데, 네가 그 사람을 어떻게 생각할지 몰라서……."

난 엄마가 로만 부모님과 비올레타 부모님을 식당에서 마주쳤다는 생각에 너무 화가 나서 입을 다물어버렸다. 엄마는 틀림없이 엄마의 거짓말이 내게 상처를 주었다고 생각했을 거다. 그래서 계속 내게 사과했지만, 난 엄마의 거짓말 때문에 그런 게 아니라는 말을 할 수가 없었다. 아니, 하고 싶지 않았다. 난 그냥 엄마가 계속 미안한 마음을 갖게 놔두었고, 엄마는 계속 내게 이해를 구하며 사과와 변명을 이어갔다. 내일 아침 식사 접시 위엔 분명히 기나긴 시 한 편이 놓여 있을 거다. 엄마는 내 손을 잡고서, 조금씩 비비앙에게로 향하고 있는 사랑에 대해서 말해주었다. 엄마 앞에 새로운 사랑의 문이 열리고 있는 것 같다고, 하지만 그것 때문에 우리 모녀 사이에 무슨 변화가 생기는 일은 절대로 없을 거라고. 그렇겠지. 사랑하는 엄마와 엄마의 사랑스러운 수진의 관계에는 아무런 변화도 없겠지. 단지 내 눈물이 두 뺨을 적시고 있다는 것만 빼고. 난 내 방으로 뛰어들어갔다. 그리고 딸깍하고 방문을 잠갔다. 엄마는 한동안 나를 내버려 두었다가 살며시 와서 조용히 문을 두드렸다. 지금의 나를 대체 누가 도와줄 수 있을까? 프란츠와 결혼식에서 찍은 사진을 방금 친구들에게 보냈는데! 아, 내일 당장 걔들에게 뭐라고 말해야 하지?

18. 거짓말, 거짓말

　운동장은 잿빛이고, 학교는 컴컴하기만 하다. 비가 내린다, 주룩주룩. 학교 수업을 빼먹으려고 했는데, 엄마가 절대로 허락하지 않았다. 엄마는 자신이 한 거짓말 때문에 괴로워하면서도 내게 침착하고 담담하게 말했다.

　"수진, 한 가지만 생각해. 남들이 뭐라 하든 말든 네 주관대로 해. 그건 한평생 줄곧 마음에 새겨야 할 교훈이야. 그런데 넌 이미 거짓말을 했어. 그것도 오케이. 하지만 지금부터는 네 삶의 중심축을 단단히 세워서 그걸 지켜내야 해. 네 주변에서 널 흔들려는 사람들이 있어도, 무시해버리고 네 중심을 지키면서 계속 앞으로 나아가. 하지만 거짓말을 기반으로 세워진 축은 진실 위에 세워진 축보다 견고할 수 없다는 걸 반드시 알아야 해."

　엄마가 들려준 이 교훈을 이번만은 내가 알아서 소화해야 한다. 이 교훈은 알 듯 말 듯 한 시가 아니고, 확실히 무언가 전달되는 바가 있다. 그래서 난 깊이 생각한 뒤에 단단히 결심했다. 내가 세운 계획을 그대로 밀고 나가기로. 그건 이렇다. 난 결혼식에 갔었다. 프란츠와 함께. 결혼식에 엄마와 같이 간다는 말은 한 적이 없다. 그러니 친구들의 부

모님이 어제저녁에 엄마와 마주쳤다고 해서 크게 당황할 필요는 조금
도 없다. 그건 얼마든지 있을 수 있는 일이다. 그리고 친구들에게 프란
츠와 깨졌다고 말할 것이다. 아빠와 함께 갔던 그 결혼식장에서! 그리
고 저녁엔 새엄마에게 전화해서 말하면 된다. 내가 마지막으로 또 한
번 작은 거짓말을 했노라고. 그리고 다음부턴 절대로 허튼소리나 거
짓말을 하지 않겠다고. 이렇게 기본 노선을 정해놓았음에도 좀 떨렸
다. 아슬아슬한 외줄 타기를 하는 기분이 들어서 두려움이 일었다. 드
디어 친구들이 나타났다. 나를 보자마자 나를 향해 뛰어왔다. 부드럽
고 수동적인 레오카디가 가끔 그리워지기도 한다.

"어제, 저녁 식사할 때 정말 놀라 자빠질 일이 있었어!" 비올레타가
소리쳤다……. "톰이 로만에게 고백했대. 널 좋아하게 되었다고!"

"어? 나를?" 난 최대한 어리벙벙하고 놀란 표정으로 말했다.

"그래. 스키장에서 네게 진실한 감정을 느꼈다는 거야. 그리고 네가
정말 너무 멋진 애라는 걸 알게 되었대. 나도 그 점에 동의해. 그래서
나도 톰에게 네가 정말 괜찮은 여자애라고 확인시켜줬어. 정말 근사한
일 아니니?"

아니, 이게 무슨 일이람! 지금까지 그처럼 질투심에 불타던 애들
이 자기들의 옛 남자친구가 날 좋아하게 되었다는데, 그게 근사한 일
이라고? 그래서 난 결과는 운에 맡기기로 하고, 대담하게 한마디 했
다…….

"너희는 그 말이 거북하지 않아? 하지만 난 톰에겐 조금도 관심 없

어. 걘 내가 좋아하는 스타일이 아니야. 친절한 아이기는 하지만, 그냥 친구일 뿐이야……."

"우리? 우리도 상관없어!" 비올레타가 웃음을 터뜨렸다. "너도 알지만, 우리는 토요일에 체육관에 갔었잖아. 카이와 마이크는 정말 어른스러워! 걔들에 비교하면 톰은 어린애야……."

난 로만과 비올레타가 톰에 대한 관심을 다른 곳으로 돌렸다는 사실이 너무 기뻤다. 또 루방-프란츠의 셀카에 대해 한마디도 언급하지 않았다는 것도 다행스러웠다. 그러다 보니 나도 모르게 두 친구의 기쁨에 동참하고 있는 나를 발견하게 되었다. 난 다시 그들과 한 편이되었다는 것에 안도감을 느꼈다. 세 명의 패거리. 우린 서로의 팔짱을 끼고 교실을 향해 걸었다. 톰을 만났다. 로만과 비올레타가 톰에게 마치 동생 대하듯이 약간 건방진 투로 말하고 있다는 걸 느낄 수 있었다. 톰은 나더러 결혼식이 어땠는지 물었고, 난 〈근사했다〉고 대답했다. 상냥한 미소를 머금고서. 그리고 덧붙였다.

"우리 엄마는 심리적 문제가 있어서 못 가셨어. 몇 시간 동안 머릿속이 완전히 복잡해져서 꼼짝하실 수 없었거든. 그럴 땐 가끔 의사 선생님이 우리 집으로 오셔. 과로 때문이었대……. 우리 엄마는 일을 너무많이 하시는 거 같아. 근데 엄마는 나도 엄마 때문에 못 가고 집에 있을 거라 생각하셨던가 봐. 난 아빠랑 가면 되는데 말이야."

수학 선생님이 교실로 들어온 것도 아랑곳없이 비올레타가 로만에게 한쪽 눈을 찡긋하며 말했다.

"애들이 걔한테 최고의 여자애라고 말했다면서?"

"뭘?" 내가 물었다.

"알렉시스의 친구 폴 말이야, 걔가 토요일에 왜 네가 안 왔냐고 물었거든……. 그런데 걔가 수요일 오후에 다시 체육관에 오라고 우리를 초대했어. 너도 가야 해."

"나? 왜 내가?"

"어떻게 생각해? 남자애들이 널 좋아하나 봐!"

그 말이 칭찬처럼 들려 흐뭇해하고 있던 탓에, 친구들에게 하려고 했던 중요한 이야기를 깜빡 잊고 말았다. 프란츠와 깨졌다는 이야기. 수학 수업은 인생에서 가장 중요한 문제를 머릿속에서 차분히 정리할 수 있게 해주었다. 사랑. 사랑에 빠지는 건 좋은 일이지만, 그건 아무 때나 하는 게 아니다. 사랑도 사랑하고 싶은 마음이 들어야 하는 거다. 원해야 할 수 있단 말이다. 폴이 톰보다 마음에 드는지 어떤지 그것도 아직 잘 모르겠다. 난 한 번도 남자애랑 키스해본 적이 없다. 게다가 문제는, 만일 내가 키스하고 싶다는 생각이 든다면 그건 순전히 친구들보다 늦된 애, 열등한 애가 되고 싶지 않아서다. 솔직히 지금으로선 키스는 생각만 해도 싫다. 설령 프란츠가 루방의 얼굴을 갖고 있을지라도, 난 생각 속의 프란츠와 함께 있는 게 행복하다! 앞으로 다가올 모든 것이 두렵다. 어른이 되어 결혼해서 아이를 갖게 될 때를 위해 옷장 맨 위에 있는 장난감 캠핑카 안에 바비 인형들을 보관해두었는데, 요즘엔 바비 인형들에게 말을 걸거나 장난감을 갖고 노는 것도 삼가고 있다……. 가능한 빨리 자라고자 나름대로 노력하는 거다. 어쨌든 난 성숙하는 속도가 다른 애들보다 늦는 게 사실이다. 내가 입을 다물고 있는 건, 나의 정체성을 찾기 위한 내 나름의 방법이다. 친구들의 방에 있는 세련된 장식품들과 그나마 비슷한 것 같아서 도자기 동물인형 세트를 구두 상자 안에 소중히 보관해둔 것도 그렇고.

"수진?" 수학 선생님이 나를 부르셨다. "내가 방금 무슨 말 했는지 들었니?"

"……."

"내가 방금 한 이야기를 누가 수진에게 설명해줄래? 전에도 말했지만, 아무도 말하는 사람이 없으면……."

협박, 협박, 그리고 처벌. 처벌이 떨어졌다. 수요일 방과 후에 교실에 남아서 선생님이 내준 문제들을 풀어야 한다. 좋아, 문제를 풀면서, 아직 정리되지 못한 생각들을 정리해보는 거다. 이상하다. 벌을 받았다는 사실이 두렵거나 수치스럽긴커녕, 축구 클럽에 안 가도 될 핑곗거리가 생겨서 다행이라는 생각이 드니 말이다. 물론 그 많은 수학 문제를 풀어야 하는 건 좀 지루하겠지만. 수요일에 난 벌을 받으러 교실에 있을 것이다. 축구장에서 남자애들을 보고 있는 게 아니라! 잘된 일이지 뭔가. 하지만 이런 내 생각은 물론 비밀이다. 노는 시간이 되었다. 벌을 받게 된 걸 불쌍히 여긴 친구들이 나를 위로한다는 의미에서 결혼식과 프란츠에 대해서 말했다.

"못생긴 편은 아니야." 로만이 말했다. "그렇지만 네 말처럼 끝내주게 잘생긴 것도 아니더라……"

"사진이 잘 못 나온 걸 거야. 너무 가까이서 찍었잖아." 비올레타가 조금 부드럽게 말했다. "그리고 너도 코가 너무 크게 나왔어."

이제 프란츠와 헤어졌다는 이야기를 해야 할 시간이다. 하지만 프란츠가 없으면, 이제 누가 나를 남자애들로부터 보호해주지? 사실 프란츠는 내게 근사하고도 견고한 요새가 되어주었다! 프란츠가 있으면, 내게 키스하려는 애가 있어도 난 합당하게 거절할 수 있다. 하기야 또 모르지, 언젠간 나도 키스하고 싶은 생각이 들게 될지. 내 친구들은 늘 그 주제를 흥미롭게 여긴다. 하지만 뭐 어때, 난 그저 친구들보다 조금 늦는 것뿐인데.

"그래? 내 눈엔 프란츠가 정말 잘생겼는데! 무엇보다 그는 머리가 아주 좋고, 굉장히 재미있어."

그때 새엄마가 팽팽하게 당긴 활 같은 내 머릿속에 나타나서, 방금 내가 한 거짓말을 향해 정확하게 화살을 겨누었다. 오, 그리고 그 화살은 내 거짓말에 등장해야 했던 엄마가 가슴 한복판에 맞고 말았다. 그렇다, 난 거짓말을 하고 있다, 거짓말이 필요하기 때문이다. 이런 제기랄. 하는 수 없지, 남들이 뭐라 하든 지금으로선 내 생각대로 밀고 나가는 수밖에!

19. 비비앙 아저씨

비비앙이 내게 선물을 했다. 공주들 그림이 있는 커다란 〈색칠하기 노트〉와 스티커들을! 물론 고맙다고 인사했다. 감사 인사를 잊지 않는 것이 내 뇌의 중앙 시스템에 반사적 행동으로 자리 잡고 있기 때문이다. 하지만 비비앙 아저씨야말로 발육이 느려도 한참 느린 사람이 아닐까 의심스럽다. 난 열네 살 반인 소녀이지, 네 살짜리 애가 아닌데! 그나마 스티커는 파니니 디즈니 앨범이 아니라서 다행이다. 엄마가 워낙 기분이 좋은 표정이어서 난 입을 다물었다. 하기야 너무 감동한 모습을 보여도 오히려 자연스럽지 못할 거다. 그런데 엄마가 이렇게 말했다.

"오, 랄랄라! 세상에, 예쁘기도 하지! 이 스티커들 좀 봐! 수진, 너무 예쁘다고 집 안 여기저기 아무 데나 붙이면 안 돼. 제발 적당하게 붙여 주렴!"

그러면서 엄마가 웃었다. 그러자 비비앙 아저씨는 자기가 모든 모터를 다 고칠 수 있는 건 아니라면서 우리 집 보일러에 시선을 던졌다. 그때 아저씨의 표정은 같은 순간에 엄마가 보여준 표정만큼이나 바보처럼 보였다. 아저씨가 우리 집 보일러를 고치는 데 성공하자, 엄마가 동그랗게 뜬 눈으로 날 바라봤다. 몹시도 자랑스러워하는 엄마를 보니 한편으로 가슴이 뭉클하기까지 하다. 엄마가 "우리의 작은 사랑이 시작된 걸 너도 알았으니, 이제 비비앙을 저녁 식사에 초대해도 되겠다 싶었어"라고 내게 말해주었을 때만큼. 그렇게 해서 오늘 화요일 밤에 엄마는 비비앙 아저씨를 내게 소개해주었다. 자동차 안에서 아빠가 비비앙에 대해 칭찬하는 말을 듣기 전까지만 해도 난 그에 대해서 아는 게 없었는데, 오히려 다행이었다. 난 첫눈에 그 아저씨가 멋있는 사람이라고 생각했다. 하지만 사랑이 막 시작되었을 때의 두 사람은 참 어색하다. 그게 너무 눈에 보인다. 아빠와 카멜리아가 함께 있는 걸 처음 보았을 때도 그런 인상을 받았었다…… 비비앙은 눈으로 뭔가 많은 걸 이야기하고 싶은 것 같다. 그의 눈은 너무나 촉촉하고, 너무나 많은 걸 압축해서 담고 있다. 엄마와 아저씨 사이엔 나를 전혀 염두에 두지 않은 뜨거운 감정이 흐른다. 우리 셋 중에서 가장 편안해 보이는 사람은 비비앙 아저씨다. 내 또래 소녀들의 취향을 어쩌면 이렇게도 모를 수 있을까! 비비앙은 유니콘에 대해, 마이리틀 포니에 대해, 그리고 바비 인형들에 대해 이야기했다. 그의 일곱 살짜리 조카가 보라색 인형들을 수집하고 있기 때문이다. 아저씨 조카와 나 사이엔 무려 7년의 차이가 있다는 걸 미처 생각하지 못한 것 같다. 아저씨는 내게 혹시 〈코르동 블뢰〉회사의 통조림 모양 마그넷과 〈웃는 소〉 치즈의 스티커들을 수집하느냐고 물었다. 엄마는 아저씨의 시도를 지지해주기 위해, 내가 한때 사은품 필통을 얻으려고 코카콜라 병뚜껑을 열심히 수집한 적이 있었다는 이야기를 하면서 이렇게 말했다.

"수진, 가서 네 필통 좀 가져올래? 비비앙에게 보여주게!"

난 내 방에 가서 필통을 가져왔다. 아저씨는 코카콜라 상표가 새겨진 빨간색 필통을 보고 말했다.

"정말 예쁜 필통이구나."

그러고 나서 다행히 디저트로 넘어갈 수 있었다. 디저트를 갖고 온 건 비비앙 아저씨다. 아저씨는 다양한 디저트 빵을 한 상자 가득 사왔다. 그러고는 커피 슈크림은 엄마를 위한 거고, 초콜릿 슈크림은 나를 위한 거라고 콕 집어서 이야기했다. 하지만 난 일곱 살이 아니라 열네 살이기 때문에, 초콜릿이 아닌 커피 슈크림을 골랐다. 아저씨는 그래도 되는지를 묻는 표정으로 엄마를 바라봤다. 엄마가 대답했다.

"수진은 여섯 살 때부터 커피 아이스크림을 엄청 좋아했어요!"

그러고는 잠시 침묵이 감돌았다. 왜냐하면, 우린 내 취미에 대해, 학교에 대해, 친구들에 대해, 아빠에 대해, 아빠의 자동차에 대해, 새엄마에 대해, 스키 바캉스에 대해, 그리고 내가 겨울 스포츠에 흥미가 없다는 것까지 이미 다 이야기해버린 터라, 무슨 말을 더해야 할지 몰랐기 때문이다.

난 정말 질문하는 데 재능이 없다는 걸 깨달았다. 사실 이번엔 내가 아저씨에 대해 관심을 갖고, 두세 가지 질문 정도는 할 수 있어야 했다. 하지만 대체 뭘 물어봐야 하는 거지? 아무리 생각해 봐도 질문할 게 떠오르지 않았다. 엄마는 안절부절못했고, 비비앙 아저씨는 편한 것처럼 보이려고 애썼고, 난 슈크림을 먹으면서 다음엔 밀푀이유를 먹을지 에클레르를 먹을지 망설이고 있었다.

난 아저씨가 우리 집에서 자고 갈 생각인지 어쩐지 궁금했다. 엄마는 거실로 나가자고 제안했고, 나는 이때다 싶어서 내 방으로 쪼르르 달려갔다. 좀 생각해야 할 것들이 있어서다.

내 방으로 들어가자마자, 노크 소리가 들렸다. 엄마였다. 내가 비비앙을 어떻게 생각하는지 알고 싶은 것이다.

"아저씨는 가셨어요?" 내가 물었다.

"아니, 지금 화장실에 계셔. 하지만 네가 어떻게 생각하는지 너무 궁금해서 말이야……. 좋은 분이시지?"

난 잠시 입을 다물었다. 엄마가 나이에 비해 매우 열정적인 여자라는 생각이 들었다.

"넌 어때? 아저씨가 마음에 들어? 안 들어?"

"응응, 아저씬 아주 근사한 사람인 것 같아." 난 조금 작은 목소리로 조용히 말했다.

내 핸드폰이 울렸다. 엄마는 미소를 지으며 다시 문을 닫았다. 어? 내가 모르는 전화번호다. 아마 프란츠겠지! 혼자 웃으며 생각했다. 평소 모르는 사람의 전화번호가 뜨면 절대 받지 말라고 했던 아빠 엄마의 말씀을 귓등으로 흘리며 전화를 받았다. 내 이름을 알고 있는 남자애의 목소리였다.

"수진? 나 폴이야, 로만의 쌍둥이 동생 알렉시스의 친구. 너 토요일에 축구 클럽에 안 왔더라. 내일은 올 거니?"

한동안의 침묵. 한동안의 빈 시간, 한동안의 말 없음. 나의 입 다물기 역사상 가장 길었던 입 다물기가 아닐까 싶을 정도로 긴 침묵. 폴의 얼굴을 떠올려 봤다. 그리고 폴이 나를 축구 클럽에 초대하던 때도 떠올렸다. 처음엔 나만 초대했다가, 곧 다시 내 친구들까지 초대했었다. 난 내가 하고 싶은 말이 뭔지 잘 알고 있었다…….

"수요일? 아, 로만과 비올레타한테 들었어……. 그런데 실은…… 수요일 방과 후에 늦게까지 학교에 남아서 벌칙 과제를 해야 해!"

"와!" 폴이 외쳤다. "정말? 뜻밖이네. 네가 방과 후 벌칙도 받을 수 있을 거라곤 전혀 생각 못 했거든."

에고……. 이젠 거짓말이 내 제2의 천성이 되어버렸구나.

"그러게. 내가 가끔 선생님 머리를 돌게 만들 때가 있어!"

"그거 끝내는 데 시간이 오래 걸리니?" 그가 물었다.

"아마 네다섯 시간쯤……."

"그래? 무슨 잘못을 저질렀는데?"

"좀 무례한 짓을 저질렀어."

"오케이. 그럼 토요일은 괜찮지? 준결승이야. 네가 온다면 자리를 맡아놓을게. 로만과 비올레타도 올 거야……."

"고마워. 가보도록 할게. 혹시 못 가게 되면 로만을 통해서 연락할게. 됐지?"

"실은 그날 저녁에 미스 스파이크 선발대회가 있어. 그러니까 네가 꼭 와야 해. 선발대회 참가자 리스트에 네 이름을 올리고 싶은데, 괜찮을까?"

난 입을 다물었다. 폴은 자기가 묻고 자기가 대답했다. "대답 없으면 그렇게 하는 거로 알고 있을 게. 반드시 네가 뽑힐 거야!"

산에서 그을려 코에 안경 자국을 남긴 내 얼굴이 어떻게 보일지 모르겠지만, 어쩌면 폴은 내게 단번에 마음을 빼앗긴 두 번째 남자애가 아닐는지……. 내가 아직 남자애들에게 흥미가 없다는 게 유감이다. 아니 그보다 내게 프란츠가 있어서 얼마나 다행인지 모른다. 조금 전또 거짓말을 하고 말았다, 그러지 않았어야 했는데……. 선생님께 버릇없이 굴었다는 이유로 방과 후에 남아서 네다섯 시간씩이나 문제를 풀어야 한다고? 아무리 길어야 고작 두 시간이면 끝날 텐데. 엄마가 문을 두드렸다. 이번엔 비비앙 아저씨도 함께 서 있었다.

"아저씨가 수진에게 인사하고 싶으시대."

"원하면 언제든지 우리 정비소에 오렴. 정비소 구경시켜 줄게." 아저씨가 말했다.

멋지다! 아저씨는 이번엔 날 여덟 살 반짜리 꼬마 사내애 취급을 한다. 아직 성숙하지도 않은 나를 다 큰 여자로 보는 남자애들과 아직도 코흘리개로 보는 어른들 사이에 있으니 좀 머리가 복잡하다. 그래도 날 있는 그대로 봐주는 새엄마가 있어서 다행이지 뭐야. 나. 수진으

로. 〈작은 문제〉보단 좀 더 곤란한 장애를 지닌 나로. 새엄마와 약속
까지 했건만, 오늘도 여전히 계속 거짓말을 멈추지 않았던 나.

20. 엄마의 마흔 번째 생일

수업이 오전에 끝나는 수요일마다 친구들과 나는 샌드위치를 먹으면서 공원에 가는 걸 좋아한다. 하지만 셋이 함께 갈 수 있는 날은 드물다. 꼭 우리 중 한 명이 버릇없이 굴었거나, 성적이 나빴거나, 혹은 이런저런 다른 이유로 부모님의 허락을 받아내지 못하기 때문이다. 가끔 부모님들은 우리를 위해서라면서 부당한 결정을 내리는 일이 종종 있다. 이번 주엔 비올레타에게 그런 일이 일어났다. 오늘 아침 비올레타는 우리랑 함께 공원에 갈 수 없다는 소식을 전했다. 수학 쪽지 시험에서 20점 만점에 11점을 받았기 때문이란다. 물론 축구 클럽에도 갈 수 없다. 11점이면 평균 점수 이상이라고 아무리 설명해도 소용없었다. 결국, 외출 금지령을 받고 말았다. 그래서 비올레타는 협박이라는 카드를 내밀었다. 수요일 내내 집에 가둬둔다면, 앞으론 더더욱 공부를 안 하겠다고 맹세한 것이다. 로만의 부모님은 비올레타의 부모님과 아주 친하다. 그래서 로만이 자기 엄마더러 좀 나서서 허락받아달라고 부탁했지만, 이런 갈등이 있을 때면 부모님들은 언제나 같은 편이 되는 법이다. 덕분에 로만까지 덩달아 외출하지 못하게 됐다. 엄마가 나더러 수요일에 방과 후 과제를 끝낸 다음엔 뭘 할 거냐고 물었다. 내가 중얼거리듯이 〈아무것도 안 해〉라고 하자, 엄마는 불안해하면서, 나의 거짓말 사건 이후에 상황이 어떻게 되어 가고 있는지 궁금해했다. 난 엄마를 안심시켰고, 마음을 놓은 엄마는 비비앙이 내가 원할 땐 언제든지 정비소를 구경하러 와도 좋다고 했단 말을 전해주었다. 난 상냥한 표정으로 입을 다물었다. 하지만 픽 하고 코웃음을 치고 싶은 생각도 없진 않았다.

딱히 아무 할 일이 없는 수요일, 난 그런 날이 좋다. 게다가 사람을 덜 만날수록 내겐 다행한 일이 아닐 수 없다. 누구랑 만나서 또 무슨 이야기로 실수하게 될지 모르기 때문이다. 더욱이 난 남자애들이 너무 쉽게 날 좋아하는 게 아닌가 하는 생각이 들어서 괴롭다. 그래서 꼼짝 않고 컴퓨터 앞에 앉아서, 아프리카식 〈땋음 머리〉에 관한 정보를 들여다보고 있었다.

〈땋은 머리를 흐트러뜨리지 않고 잠자는 법〉에 관한 여덟 번째 정보를 읽고 있었을 때였다. 폴이 전화를 했다. 그때가 오후 3시 12분이었다.

"내가 방해했나? 지금 방과 후 과제를 하는 중이니?" 그가 물었다.

"어…… 웅!"

"방해해서 미안해. 하지만 좀 급해서 말이야. 지금 네 친구들을 기다리는 중이거든. 축구 클럽에 들어가게 해주려고 말이야. 그런데 아직 안 왔어……. 걔들이 올지 안 올지 혹시 넌 아니?"

"아, 못 갈 거야. 걔들, 오늘 외출 금지 당했어."

"외출 금지?" 폴이 웃었다.

이크! 순간, 말실수했다는 걸 느꼈다.

"마이크와 카이에게 말해줘야겠다. 엄청 웃겠는걸! 어쨌든 여기, 입구에서 멀지 않은 곳에서 마이크와 카이가 기다리고 있다고 전해줄래? 그 말 들으면 좋아할 거야! 그런데 너 토요일에 올 거라고 믿어도 되지? 미스 스파이크 대회에 네 이름을 올려놨으니까 꼭 와야 해……."

폴의 전화를 끊고 나서 비올레타에게 전화했다. 무덤에서 나온 사람처럼 침울한 목소리로 전화를 받던 애가 폴이 한 말을 전해주자마자 기뻐서 소리를 질렀고, 로만도 마찬가지였다. 오늘 외출 금지라는 벌을 충분히 받았으니, 토요일엔 외출할 수 있을 거라고 철석같이 믿고 있는 두 애는 벌써 토요일 밤을 준비하는 중이다. 난 미스 스파이크의 후보가 되었다는 말은 하지 않았다. 미스 스파이크가 되는 건 미스 프랑스가 되는 것보다 멋진 일이다. 미스 스파이크가 되면, 학교에서 빛을 발할 기회를 갖게 된다. 모든 여자애가 미스 스파이크가 되길 꿈꾸고, 하다못해 결승 진출에만 나갈 수 있어도 좋겠다고 생각한다. 난 아무리 운이 좋아도 결승전까진 못 갈 게 뻔하다. 그러니 나만 입 다물고 있으면 친구들은 내가 후보로 나섰다는 걸 알 리가 없다. 선발대회 규칙에 따르면, 심사위원단이 뽑은 세 후보만 축구 유니폼에 스파이크를 신은 차림으로 무대에 설 수 있다. 결승 진출자들은 무대 위 마이크 앞에서 심사위원단이 묻는 몇 가지 질문에 대답해야 한다. 미스 스파이크는 유니폼을 멋지게 입고 스파이크만 잘 신는다고 뽑힐 수 있는 게 아니다. 교양도 있고, 생각도 건전하고, 재치도 있어야 한다. 아, 그러니 아무래도 안 나가는 게 좋겠다는 생각이 들었다. 폴에게 다시 전화해서 미스 스파이크 대회에 나가는 걸 취소시켜 달라고 말할 참이다. 마이크 앞에서 말하는 건 절대로 하고 싶지 않으니까!

난 비올레타에게 청재킷을 빌려주고, 비올레타는 로만에게 하얀 반바지를 빌려주기로 했다. 로만은 우리에게 아무것도 빌려주지 못한다. 로만의 엄마가 친구들에게 옷 빌려주는 걸 좋아하지 않기 때문이다. 친구들의 설득에 결국 넘어가고 만 나는 토요일 오후 3시에 축구 클럽에 가서 저녁까지 있어도 되는지 허락받으려고 엄마에게 전화했다. 하지만 엄마는 이번 주말이 아빠 집에서 보내는 주말이라는 걸 상기시켜 주었다. 이런! 이렇게 되면 일이 복잡해진다. 아빠는 교외에 살고 있어서, 아빠 집에서 주말을 보낼 때면 친구 생일파티에도 잘 데려다주지 않는다. 그 말은 아빠의 허락을 받기 위해선 카멜리아의 도움이 필요하다는 뜻이다. 실은 나도 그 선발대회에 가고 싶은 건지 잘 모르겠다. 내가 즐거운 길을 가려고 마음먹으면 어쩐 일인지 항상 두려움이 방해하러 온다. 친구들이랑 토요일을 보낸다는 건 기쁜 일이다. 하지만 내게서 뭔가를 기대하는 듯한, 즉 나와의 관계에서 좀 더 진전이 있길 바라는 듯한 폴의 생각에 대해선 어떻게 받아들여야 할지 모르겠다. 비올레타는 카이가 자기에게 키스하지 않으면 몹시 상처받을 것 같다고 생각한다. 로만은 마이크가 자기에게 키스할 거라고 확신하고 있다. 폴은? 친구들은 폴 이야기만 나오면 나를 놀려댄다. 그 애들의 말에 따르면, 내겐 신중하고 조심스러운 면이 있어서, 그 점이 어른스러운 남자애들의 마음을 끄는 거라고 한다. 〈마음을 끈다〉니? 그게 무슨 의미지? 난 함께 장난치고, 무슨 말이든 스스럼없이 나누고, 심지어 딴생각 없이 손잡고 다닐 수 있는 남자친구, 그러니까 여자친구들이랑 조금도 다르지 않은 그런 남자친구를 갖고 싶다. 오빠나 남동생 같은……. 비비앙 아저씨에게 아들이 하나 있다는데, 어제 그 아들 이야기를 할 때 별로 신경 써서 듣지 않았다. 그 앤 자기 엄마랑 살면서, 3주에 한 번씩 주말에 아빠를 보러 온다고 하는데, 엄마는 아직 그 애를 만나보지 못했다. 어쩌면 나의 〈오빠〉나 〈남동생〉이 될 수도 있다는 생각이 들자, 기분이 이상해져서 생각을 멈춰버렸다.

카멜리아에게 전화를 했다. 새엄마는 토요일 문제에 대해 오케이라고 대답해줬다. 만일 아빠가 거절하면, 새엄마가 아빠 대신 나를 축구 클럽에 데려다주고, 데리러 오겠다는 거다. 전화를 끊고 나자 핸드폰이 진동했다. 폴의 sms. 〈토요일에 꼭 와야 해. 알았지?〉 이런 게 사랑일까? 아마도. 난 늦은 밤까지 친구들과 함께 있을 생각을 하면 기쁘고, 가서 춤도 추고 싶다. 하지만 그게 전부다. 눈을 감고 프란츠를 생각해 본다. 프란츠 루방이 아니라, 그냥 프란츠, 존재하지 않으면서도 나를 안심시켜주는 프란츠. 그때 누가 문을 두드렸다. 누구냐고 묻자, 약간 쉰 듯한 작은 목소리가 들렸다. 앗, 할머니다!

"수제트, 얼른 문 열려무나, 지금 흠뻑 젖었단다!"

문을 열었다. 어깨에 젖은 외투를 걸치고, 한쪽 팔에 가방을 드신 할머니가 지쳐 쓰러질 듯한 모습으로 서 계셨다.

"네 엄마가 역에 나오는 걸 깜빡한 모양이다."

"어머! 할머니! 오신다고 엄마한테 미리 알리셨어요?" 내가 물었다.

"물론이지! 혹시 너, 네 엄마 생일도 잊고 있었던 건 아니니? 그런 거야?"

아, 엄마 생일! 엄마의 마흔 살 생일. 딸의 40세 생일을 위해 나이 드신 어머니가 머릿속으로 준비해오신 생일 저녁 파티. 그랬다, 고백하자면 난 까맣게 잊고 있었다. 그 생각을 하자, 갑자기 기분이 착 가라앉았다. 그리고 당연한 일이지만, 또 입이 다물어지고 말았다. 할머니가 힘주어 말씀하셨다. 북극곰을 볼 수 있는 방 하나를 예약해 놓았단다! 아주 안락하고 예쁜 오두막집에서, 방문을 꼭 걸어 잠그고 우리 셋이 북극곰을 보며 하룻밤을 보내는 거야! 북극곰을 보면서 말이야! 할머니는 북극곰 이야기를 세 번이나 되풀이했다. 그러고는 〈북극곰〉이라는 단어를 또 한 번 쓰면서 이렇게 말했다.

"네 할아버지도 북극곰을 봤으면 참 좋아했을 텐데. 쯧쯧, 에효. 불쌍한 사람……"

누가 들었으면 할아버지가 이미 세상을 떠나신 사람인 줄 알겠지만,

할아버지는 돌아가시지 않았다. 그 <불쌍한 사람>은 첫사랑이었던 이본느라는 고약한 여자 때문에 할머니를 떠났다. 그러나 할아버지는 할머니를 떠난 걸 곧 후회하셨고, 할머니는 다시 할아버지를 받아주겠다고 약속하셨다. 할머니의 <마음이 준비되었을 때>라는 조건을 붙여서. 그래서 두 분은 할머니 마음이 준비되길 기다리면서, 일주일에 한 번씩 주말마다 몰래 만나시는 중이다. 이본느가 주말이면 자기 동생과 함께 온천욕을 하러 가기 때문이다. 할머니는 할아버지가 이본느랑 지옥 같은 삶을 살고 있다는 걸 확인하면서 매우 흐뭇해하신다. 그렇게 해서 11년 전에 할아버지가 떠나면서 주었던 마음의 상처를 치유해가시는 중이다. 다시 연애 시절로 돌아간 할머니는 한층 젊어진 기분이고, 마음도 평온하다고 하신다. 그리고 이본느의 집에서 사시는 할아버지가 매일 저녁 정원에 나가서 할머니에게 전화를 걸어 하늘의 별들을 이야기하고, 할머니가 여행을 좋아한다는 이유로 나중에 여행을 많이 하자고 약속할 때마다 마음이 든든해진다고 하신다. 그런데 할아버지와 할머니는 지금까지 살아오면서 여행지를 정하는 데 의견의 일치를 보신 적이 단 한 번도 없었다. 할아버지가 할머니 곁을 떠나셨을 때, 할머니는 할아버지가 가길 거부했던 여행지들을 빼놓지 않고 다니면서, 잃어버린 시간을 회복하셨다고 한다. 그런 두 분의 유일한 공통점은 동물원을 좋아하신다는 거다. 그런데 이번엔 그 점이 엄마를 몹시 슬프게 했다. 엄마는 살아있는 동물을 우리 안에 가둬두는 걸 절대 반대하는 사람이기 때문이다. 하지만 엄마는 부모님의 기분을 거스르지 않으려고 내색하지 않았다고 한다. 할머니는 지금도 투와리에 있는 사파리 동물원이나 뱅센 동물원이나 심지어 불쌍한 오랑우탄이 유리문 뒤에 갇혀 있는 파리 동물원에 나를 데리고 가는 걸 너무나 좋아하신다. 그러면 엄마는 할머니에게 늘 고맙다고 말하고, 그 열정을 존중한다. 그러면서도 초원의 동물은 초원에 사는 게 더 낫고, 아프리카 숲에 사는 동물은 아프리카 숲에 사는 게 더 낫다는 속마음을 가끔 슬쩍 내비치곤 한다. 하지만 엄마는 자신의 40세 생일을 위해 할머니가 니에브르 사파리에 북극곰을 볼 수 있는 알래스카 펜션을 예약하셨다는 사실을 알게 되면, 놀라 기절할 것이다. 할머니가 말하는 〈여자들끼리의 일상탈출〉 앞에서 내가 내 문제를 잠시 잊었던 건, 엄마가 그 계획을 너무 싫어할 거라는 생각이 제일 먼저 들었기 때문이다. 하지만 난 할머니에게 감히 말할 수 없었다. 그 계획은 다음 기회로, 특히 어떤 남자를 위해서 나중으로 미뤄놓는 게 좋겠다는 말을.

이전엔 아빠가 서재로 썼고, 지금은 손님방으로 사용되는 방에서 할머니가 짐을 풀고, 목욕물을 받으시는 동안, 내 머릿속에선 쉴 새 없이 폭풍우가 몰아쳤다.

"그럼 언제 떠나는 건데요?" 내가 물었다.

"물론 금요일이지! 그래서 일요일 저녁에 돌아오는 거야!"

난 이번 주말엔 아빠 집에 있다가 토요일에 축구·클럽에 갈 예정이었다. 그리고 엄마는 비비앙과 함께 시간을 보낼 계획이었다. 왜냐하면, 난 어제 엄마와 비비앙이 그동안 보고 싶었는데 보지 못했던 두 편의 영화와 〈한 번 가보고〉 싶었는데 가지 못했던 칵테일바에 대해 이야기하는 걸 들었기 때문이다. 그런데! 난 엄마의 생일조차 기억 못 하고 있었다. 엄마가 비비앙에게 생일을 알려주었는지 어쩐지, 그건 나도 모른다. 하지만 엄마가 외할머니도 딸도 없이, 오직 비비앙과 단둘이 멋진 주말을 보낼 준비를 하고 있었던 것만은 분명하다. 난 엄마에게 급히 문자를 보냈다.

"엄마. 할머니가 방금 도착하셨어. 엄마가 역에 마중 나가는 걸 깜빡했다고 생각하시던데……."

"오, 제기랄!" 엄마의 답문이 왔다.

매우 심각한 상황이군. 엄마의 입에서 이런 거친 말이 나왔다는 건, 아빠 표현에 의하면 내 입에서 두 개 이상의 문장이 나오는 것만큼이나 드문 일이기 때문이다. 엄마는 문자 보내길 그치고 아예 내게 전화를 했다. 그리고 할머니가 크게 노하신 건 아닌지, 무엇보다 이제 어떻게 하면 좋을지 걱정했다. 봇물 터지듯 엄마가 말을 쏟아냈다. 비비앙이 금요일 저녁에 디너쇼에 데리고 가기로 한 데다가, 토요일엔 둘이서 보트를 타러 가기로 했다는 것이다. 그리고 토요일 저녁엔 비비앙이 깜짝 선물을 해주겠다고 약속했다는데, 그건 두 사람이 장난으로 서로 옛날 사진을 보여준다며 운전면허증을 바꿔 보다가, 비비앙이 엄마의 생일을 알게 되었기 때문이다. 마흔 살! 비비앙은 이렇게 말했다고 한다. 당신이 이렇게 늙었는지 몰랐는걸! 그러면서 아저씨는 멋진 즉석 아이디어를 냈다. 함께 밤을 보내자고. 그래서 아마도 밖에서 잠을 자게 될 거라고 했다.

"정비소에서?" 내가 물었다.

"아니, 모르겠어. 아마도 호텔에서……. 아마 다른 곳으로 데리고 가겠지……. 깜짝 놀랄만한 곳이라니까……. 아무튼 모든 게 다 가능해."

"할머니랑 동물원에 가는 것만 빼고. 북극곰을 보면서 잠드는 것만 빼고……."

엄마가 가만히 있었다. 난 엄마가 할머니에게 화내는 걸 한 번도 본 적이 없는데, 엄만 지금 그걸 후회하고 있는 것 같았다. 할머니가 그토록 좋아했던 엄마의 첫사랑 막스를 버리고 우리 아빠와 결혼했을 때, 엄마는 할머니와 완전히 틀어질 수만 있다면 어떤 대가도 치를 생각이었다고 한다. 하지만 할머니는 그렇게 하시지 않았다. 할머니도 엄마처럼 시적인 재능을 갖고 계신다. 엄마는 그때 할머니가 써주셨던 편지를 아직도 책상 서랍에 간직하고 있다. 〈사랑하는 내 딸아, 행복하렴. 무엇을 선택하든, 네 선택은 언제나 내게 노래처럼 들린단다. 울지 않으려고 하늘 높이 구름 위로 올라간 새, 그 새가 부르는 노래처럼.〉

"수진, 엄마 좀 도와줘!" 엄마가 울 것 같은 목소리로 말했다. "살려줘! 마흔 살 생일이 날마다 있는 건 아니잖아……."

"알아, 엄마. 하지만 할머니는 19개월 전에 그곳을 예약하셨대. 그런데 방을 얻으려면 몇 주일이나 기다려야 한다는 거야."

"동물원이라니! 얼마나 끔찍한 곳이니!"

"더 정확히 말하면 〈알래스카〉 방이야. 북극곰이 아주 잘 보이는 방."

"아, 정말 밥맛 떨어지는 곳이구나……."

엄마는 얼버무리지도 않고 아주 분명하게 발음했다. 밥맛 떨어지는 곳이라고.

"딸기 크림 케이크의 촛불을 부는 동안 그 불쌍한 짐승은 우리를 즐겁게 해주려고 창문에다 코끝을 비비고 있겠지. 내가 세상에서 제일 싫어하는 게 그런 건데! 그런데도 네 할머니는 그 비싼 돈을 주고 그런 데를 예약하시다니!"

"생각보다 괜찮을 수도 있어요, 엄마…… 그리고 운이 좋으면, 곰이 나타나지 않을 수도 있고. 우리는 그냥 호텔에 있는 것처럼 생각하면 돼. 방 안에서 TV로 〈더 보이스〉나 보고 있으면 되지 뭐……."

하기야 그건 내가 보증할 수 있는 게 아니다. 엄마에게 무슨 말을 해드려야지? 할머니는 물속에서 기분 좋게 텀벙거리고 계시는 중이다. 할머니가 욕실에서 나를 부르셨다. 문을 사이에 두고 이야기 좀 하자고. 수지? 수지네트? 수제트? 난 욕실 문 곁으로 다가갔다. 아, 정말 괴롭다. 내가 뭘 할 수 있을까? 늘 그렇듯이 난 아무것도 할 수 없다. 내가 할 수 있는 건 복종하는 것뿐이다. 불평하지 않는 것. 기다리는 것. 그냥 상황에 끌려가는 것.

아냐, 제대로 된 행동을 할 수도 있어. 이제 곧 열다섯 살이 되잖아. 그러니 이제 제대로 반응하는 걸 배워야 할 때가 되지 않았을까? 적어도 그런 시도라도 해봐야 하지 않겠어? 엄마는 항상 나를 돌봐주고, 도와주잖아. 아무것도 요구하지 않고! 게다가 조금도 언짢아하지 않고……. 엄마의 생일 계획이 성공하기 위해 내가 할 수 있는 게 아무것도 없을까? 아무런 아이디어도 떠오르지 않았다. 하지만 어떻게든 찾아보기로 마음먹으면서, 할머니의 말씀을 듣고 있었다.

"수진, 거기 가게 되어 얼마나 기쁜지 모르겠구나. 가서 사진을 많이 찍어와야겠어. 지금이 2018년이니까, 또 다른 방 하나를 지금 예약 신청하면, 2020년에 네 할아버지와 다시 합쳐질 때쯤 방 하나를 얻을 수 있겠지. 그때 네 할아버지랑 거기 갈 생각이란다. 우리가 줄곧 꿈꿔왔던 대로 말이야……. 둘이 통나무집 난롯가에 앉아서, 우리를 보러 창가로 다가온 북극곰을 바라보는 거지……. 그땐 샴페인 한 병을 들고 갈 생각이야. 파티를 여는 거지! 그러니까 딸과 손녀를 데리고 가는 이번 주말은 말하자면 예행연습인 셈이구나……."

"할머니, 그러지 말고 이번 토요일에 아예 할아버지와 같이 가시지 그러세요?"

"이본느 때문에 할아버지는 올 수 없어."

"그러니까 지금 당장 할아버지랑 재결합하세요! 뭣 때문에 2년을 더 기다리세요? 빨리 할아버지께 전화해서 재결합하세요. 그리고 두 분이 이번 주말에 사랑의 여행을 가시면 되잖아요."

"말도 안 되는 소리! 네 엄마가 마흔 살 생일을 맞는 날인데, 너희 둘만 덩그러니 남겨둔다고? 말도 안 되지! 그런 정신없는 소리가 어디 있니? 여자 셋이서 미친 듯이 즐겁게 지내보는 거야. 아, 정말 기쁘구나. 네 엄마도 틀림없이 대만족일 거다. 난 아직도 부바를 기억하고 있단다. 네 엄마의 그 하얀 곰 말이다……."

"곰 인형이죠."

"아직 네 엄마에게는 우리가 어디로 갈 건지 말 안 했지? 비밀을 꼭 지키렴, 알았지?" 할머니가 말씀하셨다.

"아, 네. 그럼요. 그런데 할머니 생각엔……."

그때 문소리가 들렸다. 딸깍. 엄마가 들어왔다. 무거운 발걸음이 다가온다. 엄마의 긴장되고 불안한 얼굴이 보였다. 엄마는 목욕탕 문 앞, 내 옆에 와서 섰다. 그리고 말했다.

"엄마, 괜찮아요? 엄마가 오셔서 기뻐요……. 오시는 길은 괜찮았어요? 역에 못 나가서 미안해요, 엄마. 엄마가 오늘 오신다는 걸 까맣게 잊었지 뭐예요, 죄송해요……. 버스 타고 오셨어요? 짐은 무겁지 않았어요? 이종은 옆집에 맡기고 오셨어요?"

"아무 문제 없었단다, 얘야. 여기 와서 얼마나 좋은지 모르겠어. 오늘 밤엔 내가 크레페 집에 데리고 가마."

엄마의 얼굴을 바라보았다. 엄마가 오늘은 나와 둘이서만 저녁을 먹고 싶어 했다는 걸 알았다. 우리는 서로 미소를 지으며 합창하듯이 대답했다.

"크레페요? 네, 좋아요."

21. 할머니, 엄마, 나

"벌써? 10년은 젊어 보이네. 당신, 정말 10년은 젊어 보여!" 엄마가 아빠에게 전화했을 때 아빠가 전화로 외친 말이다. 엄마가 아빠에게 전화로 알렸다. 외할머니가 딸의 40살 생일을 축하하고자 망할 놈의 깜짝 선물을 준비해두었다는 사실을 까맣게 잊고 있었다는 것, 그래서 요번 주말에 내가 아빠 집에 가지 못한다는 것을. 그러고 나서 웃으면서 전화를 끊었다. 아빠가 엄마를 웃게 하는 건 정말 드문 일이다. 그래서 난 좋은 징조로 받아들였다……. 그러나 미스 스파이크의 밤에 대해선 말하지 않았다. 내 문제를 엄마 생일보다 우선시하고 싶지 않아서다. 그렇다고 그 일에 대해 생각하지 않은 건 아니다. 내 친구들 편에서 보면, 미스 스파이크의 날에 가족 모임에 참석하는 건 진짜 바보 같은 짓일 거다. 그들에겐 불가능한 일이다. 여학생이라면 누구나 꿈꿔도 그 꿈을 이룰 기회조차 얻기 힘든 판인데, 하필 그날 가족 모임에 참석하겠다고? 더군다나 할머니, 엄마, 딸, 세 여자가 모여서 하는 생일축하 모임? 아닌 게 아니라, 나도 솔직히 할머니, 엄마와 함께 북극곰을 쳐다보며 오두막에 들어앉았을 내 모습을 상상하면 등골이 오싹해진다. 하지만 난 마음이 약하다. 어쨌거나 내가 그럴진대, 연인과 생일 케이크의 촛불을 끄는 대신 동물원에서 할머니, 딸과 함께 촛불을 꺼야 하는 엄마의 마음은 오죽 심란할까……. 엄마가 내게 살짝 새로운 정보를 털어놓았다. 비비앙이 보트 타는 데 날 데리고 가려고 했다는 거다. 그러고 나서 저녁에 나를 축구 클럽에 데려다주면, 카멜리아가 축구 클럽에 데리러 오기로 약속했단다. 그 계획을 짜기 위해서 엄마와 카멜리아가 전화통화까지 한 것이다. 엄마는 자기 생일 때문에 내가 즐거운 밤을 망친 것에 대해 사과했고, 나는 상관없다고 말하며 엄마를 안심시켰다. 개는 동물원에 들어갈 수 없기에 옆집에 맡겨진 이종이 떠올랐다. 아, 정말 엉망진창이다!

난 조금 전에 친구들을 미스 스파이크 대회에 등록시킨 참이었다. 운 좋게도 프란츠 덕분에, 그리고 거짓말(물론 곧 멈출 생각이다) 덕분에, 난 나도 모르는 새에 친구들 사이에서 인기 있는 애가 되었고, 행운을 불러오는 자가 되었다. 거기 힘입어서 폴에게 메시지를 보냈다. 로만과 비올레타를 후보자 명단에 신청해줄 수 있느냐고 부탁하기 위해서. 폴은 처음엔 너무 늦어서 등록이 어렵다고 했지만, 대회에 혼자 나가는 게 너무 두려워서 그런다고 설명하자, 결국 내 뜻을 받아줬다. 그리고 물었다. "걔들도 동의한 거지?" 난 그렇다고 대답했다. 그래서 이제 친구들에게 그 말을 전하는 일만 남았는데…….

미스 스파이크의 밤에 가지 못하면, 진짜 바보 취급당할 위험이 크다. 할머니가 우리랑 북극곰을 보러 가는 계획을 미련 없이 포기하시고 할아버지와 화해를 하시면, 모든 문제가 다 풀릴 텐데! 게다가 이번 기회에 할아버지를 이본느로부터 영영 떼어놓는 게 인간적인 일이 아닐까? 이본느는 우리 가족 안에 들어온 이후로 내게 환심을 사려고 무척 애를 썼지만, 그 노력은 전혀 효과를 보지 못했다. 이본느는 지나치게 사적인 질문들을 많이 했다. 예를 들면, 〈넌 월경을 시작했니?〉 같은 질문. 그리고 내가 입을 다물고 있으면, 화제의 방향을 얼른 바꿨다. 그 할머니는 정말 끔찍하다. 그 할머니 때문에 할아버지는 이제 우리 집에 오시지도 못한다. 우리 집에 잠깐이라도 들리시려면 그 여자에게 거짓말을 해야 한다.

이번 주말의 이상적인 프로그램은 어떤 걸까? 할머니가 할아버지와 함께 동물원의 통나무집에 가서 북극곰과 즐거운 추억을 만드시고, 엄마가 사랑하는 사람과 생일을 축하하며 행복한 시간을 보낼 수 있다면 좋을 텐데! 그리고 난 보이지 않는 남자친구 프란츠 덕분에 내 뒤를 쫓아다니는 남자애들에게 신경 쓸 필요 없이 편한 마음으로 축구 클럽에 갈 수 있으면 더할 나위 없이 좋을 텐데! 왜냐하면, 내 친구들 모르게 그 애들을 대회에 등록시켜 준다는 조건으로, 나도 미스 스파이크 선발대회에 참가하기로 수락했기 때문이다. 내가 보기에 운율도 엉망이고 내용도 알쏭달쏭했던 엄마의 어떤 시 중에 이런 글이 있었다. 〈수진, 나의 여신, 뭔가 원하는 게 있다면, 놓치지 말고 잡아야 한다, 손을 활짝 펴고 하늘을 잡는 거다〉. 난 엄마에게 전혀 운율이 맞지 않는다고 지적했다. 그때 엄마는 산문시라는 것도 있다고 대답했다. 그래서 우린 그 문장의 깊은 의미에 관해 별로 의견을 주고받지 않고 넘어갔었다. 하지만 난 그 시의 메시지를 줄곧 생각했고, 오랜 생각 끝에 내가 내린 결론은 이랬다. 〈방법을 찾을 수만 있다면, 내가 원하는 것을 손에 넣을 수 있다〉. 시적이진 않지만, 훨씬 더 명료한 문장이다. 지금 내가 그 문장처럼, 내가 원하는 걸 밀어붙일 수 있을지 모르겠다. 하지만 이 주말의 운명은 내 손에 달려 있다. 그러니 엄마에게 가서 그 교훈을 말해줘야겠다. 엄마는 침대 위에 앉아 있었다. 무릎에 핸드폰을 올려놓은 채. 분노가 어린 눈길이었다. 엄마는 마치 40대의 첫 시작에 북극곰이 나타나 저주라도 퍼부은 것처럼 황폐한 미소로 나를 맞이했다. 망할 놈의 북극곰을 잡아 털코트라도 만들어 입고 말겠다는 표정이다……. 엄마와 내가 몇 마디 주고받을 틈도 없이 할머니가 문을 두드리셨다. "똑똑, 내 귀염둥이들이 모두 여기 있는 거니?" 엄마와 나의 입에서 "네!" 하는 대답이 자동적으로 튀어나왔다. 할머니가 들어오셔서, 우리와 함께 침대 위에 걸터앉으셨다. 우린 꼬치에 꿴 어묵처럼 나란히 붙어 앉았다. 잠시 후에 할머니가 좀 거북해 보이는 표정으로 말했다.

"내 예쁜 딸내미와 손녀딸, 무슨 일 있는 거냐? 크레페 먹기가 싫은 거야?"

고민으로 지쳐버린 엄마가 그렇지 않다고 할머니를 안심시키면서 일어나서, 욕실로 향했다.

엄마가 샤워하는 동안 10분 정도 할머니에게 말할 시간이 생겼다. 할머니는 기뻐 어쩔 줄 모르며 낮은 목소리로 말씀하셨다.

"애야, 네 엄마가 너무 놀랐나 보다. 하기야 놀랄 만도 하지! 북극곰이잖아, 북극곰, 알겠니? 네 엄마는 마흔 살이 된다니까, 좀 울적한가 보다……. 네 생각은 어떠냐? 네 엄마가 생각지도 못한 선물 때문에 좀 놀란 것 같지 않니? 설마 실망한 건 아니겠지?"

내 머리가 생각하기 시작했다. 이럴 땐 두뇌 회전이 빨라야 한다. 과도하게 회전하는 모터처럼 재빠르게! 머릴 써 봐, 기회란 말이야! 하지만 어, 어떻게…? 언젠가 카멜리아가 내게 마법 같은 문장 하나를 툭 던져 준 일이 있다. 〈그래서 어쩔 건데?〉 그때 설명해주기를, 어떤 상황에서도 마치 주문처럼 〈그래서 어쩔 건데?〉 라는 말을 되풀이해 보면 두려움에 빠지거나 머릿속이 새하얘지는 걸 극복할 수 있을 거라고 했었다. 난 그 말을 벌써 여러 번 써먹어 봤다. 지금도 기억 나는 게 있는데, 지리 수업에서 수시평가를 20점 만점에 겨우 3.5점을 받고 절망해 있을 때였다. 더군다나 다른 애의 답을 베끼기까지 했다! 엄마에게 꾸지람 들을 게 분명했기에, 몹시 두려웠다. 그때 〈그래서 어쩔 건데?〉를 떠올렸다. 주문이 효력을 발생하기 시작했다. 사실 아빠와 엄마는 한 번도 나를 때린 적이 없다. 벌이라고 해봤자 외출 금지를 당하거나, 2시간가량 엄청 속이 상했다가 마는 정도였지, 더 심한 벌은 받아본 적이 없다. 물론 난 그 일로 해서 죽지 않았다. 만일 할머니에게 그 말도 안 되는 계획에 대한 솔직한 내 생각을 이야기한다면, 어떤 일이 일어날까? 할머니는 화를 내시며 나를 미워하시겠지. 〈그래서 어쩔 건데?〉 할머니는 한 시간 정도 나를 미워하시고, 화를 내실 거다. 그러고 나서 다시 한번 생각해보실 거다. 그러고는 아마 계획을 바꾸실 거다. 그게 아니면, 할머니는 내 말을 귀담아듣지 않으실 거고, 그러면 얼마 지나지 않아서 곧 내가 한 말을 잊어버리실 거다. 그것도 아니라면, 나를 못된 계집애 취급을 하시겠지. 〈그래서? 그래서 어쩔 건데?〉 내가 사랑스러운 애라는 건 어차피 모두가 알고 있는 거잖아?

"할머니!" 할머니 어깨에 머리를 기대며 말했다.

"그래, 우리 강아지야……. 잠깐! 오, 이런! 내가 지금 뭘 보고 있는지 아니? 애야, 저 남자는 누구냐?"

할머니가 비비앙 아저씨를 가리키며 말했다. 엄마가 벽에 붙여놓은 사진이었다. 엄마와 아저씨가 서로 어깨동무를 한 채 사진사를 향해 미소를 짓고 있다. 사진사는 다름 아닌 나, 수진이다. 엄마는 그 사진을 어느새 인화해서 붙여놓았다. 보고 있자니 좀 괴롭긴 하지만, 그래도 너무 귀여운 사진이다.

"비비앙 아저씨예요. 엄마가 요즘 만나는 사람이죠."

그래, 지금이야! 말해야 해! 자, 수진! 기회가 온 거야, 말해! 절대로 입 다물고 있지 마, 바로 지금이야.

"할머니, 있잖아요, 비비앙과 엄마는 지금 정말 서로 사랑하고 있어요……. 엄마의 생일날 사랑하는 두 사람을 떼어놓는 건 너무 가혹한 일 아닐까요?"

"떼어놓는다고? 그게 무슨 소리니? 난 아무도 떼어놓지 않아! 네 엄마가 사귀는 사람이 있다고 말만 했으면, 진즉 그를 초대하라고 했을 거다. 우리가 묵을 통나무집 오두막은 한 부대가 와도 상관없어! 네 엄마에게 말 해야겠다, 그 사람을 초대하라고……."

"그런데, 할머니. 엄마에게 동물원은 최선의 아이디어가 아니에요. 엄마가 북극곰을 좋아하는 건 사실이지만, 북극의 얼음판 위에 있는 북극곰들을 좋아하는 거예요."

"말도 마라, 네 엄마가 어땠는지 아니? 애야, 수진. 내 기억에 의하면, 네 엄마는 북극곰을 무려 다섯 마리나 갖고 있었어. 엄마가 어렸을 땐, 무려 다섯 마리였다니까!"

"네, 모두 털로 만든 인형이었죠."

"아냐, 그중 하나는 도자기로 된 거였어."

"할머니, 할머니 맘을 아프게 해드리고 싶은 생각은 털끝만치도 없지만요, 제 생각에 할머니는 할아버지와 함께 거기 가셔야 해요. 거긴 할머니와 할아버지가 좋아하는 곳이잖아요. 두 분 취미에 꼭 맞는……. 엄마는 우리에 갇힌 동물을 정말 싫어해요. 그리고 저도……."

"너도?"

"저는 토요일에 아주 중요한 모임이 있어요. 그 모임을 놓치고 싶지 않아요."

할머니가 입을 다물었다. 그리고 무릎을 내려다보며 두 손을 만지작거리셨다. 할머니가 어린애처럼 군다면, 엄만 몹시 신경이 쓰일 것이다. 그리고 틀림없이 할머니에게 거절의 표시를 하지 못할 거다. 절대로, 절대로.

"아니, 애야. 네게 엄마의 마흔 살 생일보다 더 중요한 모임이 있다는 거니?"

22. 마침내 미스 스파이크 선발대회

미스 스파이크가 할머니를 이겼다. 할머니는 내가 가고 싶어 하는 토요일 저녁 모임에 마음이 움직이셨는지, 더 많은 걸 알고 싶어 하셨다. 결국, 미스 스파이크를 선발하는 그 밤이 내겐 학교에서 영향력을 미칠 수 있는 애가 되기 위해 아주 중요한 거라고 설명했을 때, 할머니는 생기가 돌면서, 당신이 스무 살 때 타이틀을 거머쥐었던 미스 강베트를 떠올리셨다. 크레페 식당에서 엄마는 상을 찌푸리고 있고, 할머니는 완전히 당신의 추억 속에 빠져버리셨다. 내가 할머니의 중요한 코드를 건드린 거다. 미스 스파이크라는 단어가 할머니를 다시 청춘 시절로 데리고 갔다. 할머니는 이따금 핸드폰의 자판을 두드릴 때를 빼곤 전혀 미동도 하지 않는 엄마의 마음을 움직이려고 애썼다. 내가 미스 스파이크 선발대회에 나간다는 사실에도 엄마가 별로 놀라지 않자, 할머니가 엄마를 야단치셨다.

"아니, 어떻게 그럴 수가 있니! 네 딸이 무대 위에서 스포트라이트를 받는다는 게 넌 아무렇지도 않다는 거야?"

난 할머니를 진정시켜야 했다. 그래서 할머니께 대회의 규칙을 설명했다. 무대에 서는 건 세 명의 결선 후보들뿐이라고. 다른 사람들은 서지 못한다고. 그리고 내가 마지막 결선까지 남아있을 확률은 거의 없다고.

"그래, 그건 확실해!" 엄마가 갑자기 웃음을 터뜨렸다.

엄마가 할머니 말씀에 이의를 표하는 경우는 극히 드물기에, 할머니는 입을 다무실 수밖에 없었다. 엄마는 당황해하는 내 표정을 보고 덧붙였다.

"어머, 미안하구나, 수지. 네가 그럴 자격이 없다는 뜻이 아니야, 암, 아니고말고. 넌 그 선발대회에 갈 수 없게 되었잖아, 그래서 결선에 올라갈 기회가 없다는 뜻이었어. 불쌍한 우리 딸…… 알래스카의 북극곰만 없었어도……."

이미 사과주를 두 잔이나 마신 상태였으니, 엄마의 유머는 술기운 때문인 게 분명하다. 그래서 그런 말을 감히 내뱉은 것이다.

"너희 둘이 나 몰래 무슨 계획을 세운 거로구나. 그렇지? 내가 알아듣기 쉽게 솔직하게 말해보렴! 그러니까 내가 준비한 깜짝 파티가 너희를 불편하게 했다는 거지? 그렇다면 깜짝 파티는…… 아니, 그런데 애야! 곰이랑 동물원 계획에 대해서 너도 벌써 알고 있었던 거냐? 내가 세워놓은 비밀 계획이 벌써 새어나간 거야?"

할머니가 궁금해하셨다.

엄마가 중얼거리듯이 입술만 달싹거리며 그렇다고 말했고, 난 치즈 크레페 위로 고개를 푹 숙였다. 할머니가 날 바라보셨고, 난 어쩔 수 없이 다시 눈을 들어야 했다. 그래도 할아버지 문제만 빼면, 할머니는 아주 온화한 분이시다.

"내가 어떻게 할 건지 아니? 동물원 오두막 계획을 접기로 했다. 어쩔 수 없지 뭐냐. 너희 모녀는 아주 못된 것들이야."

엄마는 기쁨으로 환해진 얼굴로 할머니 품에 뛰어들었다. 할머니는 우울해하시지도, 언짢아하시지도 않았다. 때때로 난 좀 더 크면 할머니처럼 상황을 단순하게 넘어가는 법을 배우고 싶다는 생각이 든다. 할머니의 집착하는 대상은 유일하게도 할아버지시다. 문득 핸드폰을 들여다보았다. 두 친구로부터 족히 스무 통의 문자가 와 있었다. 아직 미스 스파이크에 참여하기 위해 등록할 수 있다는 사실을 알고 있는지 묻는 내용이었다. 그 애들은 혹시라도 내가 폴과 연락이 되면, 그에게 한마디 전해줄 수 있는지 알고 싶다고 했다. 내가 결정적인 영향력을 갖고 있다고 생각하는 듯했다. 그래서 얼른 답문을 썼다.

"얘들아, 그렇지 않아도 우리 이름을 모두 등록해달라고 했어!"

엄마와 할머니는 주거니 받거니 이야기가 한창이었다. 할머니가 동물원을 포기하신 대가로 엄마가 연인을 소개해주기로 한 것이다.

"네 남자친구를 보고 싶구나." 할머니가 부드러운 눈빛으로 울먹이듯 말했다.

"그 사람 정말 착한 사람이니? 확실한 남자야?"

"확실한 남자요?" 엄마가 되물었다.

엄마가 할머니에게 비비앙을 소개하겠다고 약속했다. 그것도 당장!

그러자 할머니는 또다시 할아버지 이야기를 시작하셨다. 두 사람의 만남, 결혼생활, 할아버지의 배신, 이본느의 등장, 그리고 이어지는 다음 이야기들……. 엄마와 난 벌써 천 번도 더 들은 이야기다. 하지만 너무 기분이 좋아서 오늘만큼은 몇 번이라도 더 들을 수 있을 것 같았다. 하기야 난 어차피 한 쪽 귀로만 흘려듣고 있긴 했다……. 토요일에 어떤 옷을 입을지에 대해 심각하게 고민하고 있었기 때문이다. 후보자들은 심지어 결선에 뽑힌 애들도 평상복을 입고 가야 한다. 그런 정보를 보내준 건 폴이다. 결선에 나갈 세 명이 심사위원 앞에 설 때는 축구팀 유니폼으로 갈아입는다고 했다. 미스 스파이크로 뽑힌 사람은 축구 스파이크 한 켤레를 상으로 받는다. 그건 별로 반갑지 않은 선물이지만, 발레 슈즈와 나란히 벽에 걸어놓으면 꽤 멋질 거다. 내 생애 첫 번째 트로피! 하지만 더는 공상에 빠지지 않을 생각이다. 어차피 내가 뽑힐 일은 없을 테니까. 하지만 거기 나간다는 것만으로도 벌써 내겐 커다란 발전이다. 열등감과 긴장감에서 차츰 놓여나고 있다는 뜻이기 때문이다. 〈나의 작은 문제〉는 이제 내게서 멀리 떠나간 셈이다. 프란츠를 생각했다. 그가 내게 이런 용기를 준 거라고 믿는다. 그의 존재를 만들어낸 이후로 나의 내면이 보호를 받고 있다. 내게 누군가가 있다는 것! 다른 남자애들의 시선을 끌고 싶다는 초조한 갈망 없이 맘 편하게 그날 밤 대회에 갈 수 있다는 생각이 날 기쁘게 한다. 그러나 로만과 비올레타는 마이크와 카이 생각뿐이다. 두 남자애는 내 친구들의 표적물이다. 로만과 비올레타는 그들 외엔 다른 어떤 것에도 관심도 없다.

물론 내 친구들이 나보다 훨씬 앞서가고 있는 건 분명하다. 하지만 내 생각에 그런 건 시간이 지나면 저절로 해결되는 것들이다. 그 애들은 훨씬 성숙하다. 아니, 어쩌면 무리해서 빨리 성숙해지고 싶어 하는 걸 수도 있다. 성숙이란 뭘까? 그 애들은 성인 흉내 내기를 즐기지만, 그렇다고 그 애들이 나보다 어른스럽다는 생각은 들지 않는다. 난 그저 성장 속도가 약간 느릴 뿐이다. 나의 〈작은 문제〉는 내 성장 리듬을 깼고, 앞으로 빨리 나가는 데 방해가 되었다. 그러나 겁이 많이 줄고, 소심증도 덜해진 지금, 아마 나도 이제부턴 달려나갈 수 있을 거다. 사랑은 스키와 뭔가 비슷한 점이 있는 것 같다. 정해진 트랙을 따라가야 하는 거라든가, 때로 충격을 줄이기 위해 등을 웅크려야 하는 거라든가……. 엄마 말을 들어보면, 사랑은 에어쿠션 보트에 올라탄 기분이라고 한다. 또 할머니 말에 의하면 사랑은 올라갔다가 다시 내려오는 산 정상 같은 거라고 한다. 두 가지 표현에서 사랑은 똑같은 감정을 이야기하고 있다. 카멜리아는 어떻게 생각하고 있는지 물어보고 싶지만, 새엄마는 아빠에 대한 감정을 이야기할 테니까, 패스하는 편이 낫겠다.

바로 그때 문자 테러를 당했다. 난 친구들이 무슨 말을 하는지 이해할 수 없었다.

〈우리 이름을 등록했다고? 우리라는 건 로만과 날 말하는 거지?〉 비올레타가 물었다.

〈우리라고 했는데, 혹시 너도 포함되었다는 이야기니?〉 로만이 물었다.

내가 우리 세 사람의 이름을 등록했다고 답문을 보내자, 두 애가 거의 동시에 메시지를 보내왔다.

〈정말 너도 그 대회에 나가는 거야?〉

다시 답장을 썼다. 〈물론이야, 정말 재미있을 거야. 그런데 왜? 마이크 앞에서 말하게 되겠지……. 혹시라도 결선까지 간다면 말이야!〉

〈이건 장애인 올림픽이 아니야! 미스 장애 스파이크가 아니라고!〉 비올레타는 그렇게 답한 뒤에 이렇게 이어서 썼다. 〈정말 웃겨어어어어어어!〉

쿵! 심장이 내려앉는 소리. 초콜릿 크레페의 빛깔이 순식간에 완전히 새까매졌다. 갑자기 내 몸속의 혈관에 뭐가 끼어 피가 돌지 않는 것 같고, 뭔가가 가슴을 짓누르는 것처럼 답답해졌다. 뭐가 문제지? 무슨 문제지? 정말 이해할 수 없다. 엄마와 할머니는 전쟁 계획을 세우는 중이다. 드디어 할머니가 할아버지를 받아들일 계획을 하신 것이다. 두 사람은 미친 듯이 웃었다.

내 초콜릿 크레페가 너무 크다. 난 그걸 다 먹어낼 수 없다. 더군다나 아직 손도 대지 못 한 상태다. 엄만 너무 행복해서 나를 보고 있지 않다. 할머니는 할아버지에게 다시 행복이 시작될 거라는 말을 전해주실 생각에 벌써 들떠 계신다……. 난 내 귀 안에 살고 있는 작은 기계를 천천히 끄집어냈다. 더는 아무 소리도 듣고 싶지 않았다. 핸드폰이 울리는 소리도. 엄마가 웃는 소리도. 할머니가 흥분해서 하시는 이야기도. 다만 너무나 놀라서, 내 안에서 쿵쿵 뛰기 시작한 심장 소리만 듣고 싶을 뿐이다. 쿵쿵쿵! 나의 유일한 공범. 그 심장과 나, 우린 여전히 친구다. 내 심장은 한 번도 등 뒤에서 내 말을 한 적이 없다. 내 심장은 나처럼 생각한다. 나처럼 두려워한다. 내 심장은 바로 나다.

23. 난 세상에서 제일 예쁜 소녀다

　동물원 오두막에 있는 것. 북극곰을 보는 것. 그게 바로 지금 이 자리에서 내가 원하는 유일한 거다. 비비앙 아저씨가 엄마로부터 내 이야기를 들었다. 하지만 아저씨는 사람의 말을 얼굴 옆에 달린 귀로 듣는 사람이 아니다. 적 앞에선 도망치는 게 아니야! 비비앙이 말했다. "네 친구들, 정말 못된 말을 했구나. 널 조롱했어. 아주 잔인하게 행동한 거지. 그 애들에게 보여줘야 해! 자, 갑시다, 모두! 수진의 행복을 원하는 우리 모두 미스 스파이크 선발대회에 가는 거예요! 그런 악한 말, 비열한 행동을 참을 수 없는 사람은 모두 가자고요! 무슨 말이 필요해요? 가서 수진을 지지하는 겁니다! 이건 동정하는 마음만 갖고 가만히 앉아 있을 일이 아니에요! 그런 악한 말들 앞에선 대항하는 거예요!"

　비비앙 아저씨는 그런 사람이다. 비비앙은 엄마의 말을 듣자마자, 머릿속에 떠오르는 말들을 내뱉었다. 이종이 골목 모퉁이의 실내소품 가게에서 화분 위에다 쉬를 했을 때 할머니가 이종을 변호했던 것처럼, 아저씨는 그렇게 나를 옹호했다. 엄마는 그런 아저씨에게 더 반해버렸다. 연인인 비비앙을 바라보는 엄마는 이제 아예 입을 다물지 못한다. 정말 놀라운 일이다. 난 사랑에 빠진 여자는 다 신경세포 연결에 문제가 생긴 거라고 다시 한번 결론을 내렸다. 비비앙 아저씨는 그렇게 나를 변호하면서, 자신이 뭘 하고 있는지 분명하게 알고 있었다. 모두 다 같이 가야 합니다. 모두 간다고……? 모두라니……? 모두, 누구?

〈모두라고요? 루방까지?〉 하마터면 그렇게 물을 뻔했다. 그리고 나 자신도 놀랐다. 왜냐하면, 루방은 오랫동안 나랑 가장 친한 친구였기 때문이다. 유일한 친구였다. 그런데, 당연한 일이지만, 친구들이 생겼을 때 난 그 아이를 까맣게 잊어버렸다. 더욱 나쁜 건, 내 인생에서 비참한 일이 생겼을 때마다 모두 그 애 탓이었다는 투로 이야기했던 거다. 걔 때문에 얼마나 힘들었는지 몰라! 걔는 정말 한심해! 걔 때문에 바캉스를 다 망쳤잖아! 난 친구들 앞에선 늘 그런 식으로 말했었다. 돌아보면, 사실 루방과 함께 바캉스를 보내던 당시엔 정말 많이 웃으며 지냈었다. 그 애는 내가 자기 말을 잘 알아듣지 못하는 것 같으면, 손짓 몸짓을 다 동원해서 의사를 전달해줬다. 하지만 그렇게 할 필요도 별로 없었던 게, 모든 것에서 우린 서로를 너무나 잘 이해하고 있었기 때문이다. 그 애의 얼굴이 좀 웃기게 생긴 게 사실이고, 지나치게 거리낌 없는 자리엔 적응하지 못했던 것도 사실이고, 함부로 하는 사람이 있는 상황에선 거북해서 어쩔 줄 몰라 헤맸었던 것도 사실이다. 하지만 내게 친구가 없었던 그 시절엔 그런 것들이 조금도 불편하게 여겨지지 않았었다. 엄마와 아빠가 헤어진 후에 난 주말마다 아빠, 새엄마의 집에 갔는데, 얼마 되지 않아서 루방이 토요일마다 우리를 보러 왔다. 내가 엄마 집으로 돌아가기 전인 일요일에 아빠가 온종일 날 데리고 있고 싶어서 날 위해 친구를 만들어주려는 거였다. 아빠는 내 귀가 다시 잘 들리고, 그래서 다른 아이들과 차이가 없어진 후부터는 날 닦달하기 시작했다. 내가 다른 아이들보다 좀 늦되는 것 같아서 걱정되었기 때문이다. 하지만 그 전의 아빠는 훨씬 다정하고 부드러웠다. 그땐 웃고 장난치며 함께 자랄 수 있는 친구들이 내게 없다는 걸 알고 마음이 짠했던 것 같다. 루방이 아빠 집으로 왔을 때, 솔직히 말하면 난 정말 좋았다.

열 살, 그러니까 초등학교 3학년 때 청력을 잃었다. 한동안 부모님은 내가 농담하는 줄 알았다. 계속 안 들린다고 하자, 그제야 내 말을 믿게 되었고, 검사 결과 내 말이 장난이 아니라는 걸 알게 되었다. 결과는 난청이었다. 처음에는. 왜냐하면, 나중에 또 다른 검사들을 했고, 몇 년에 걸쳐 유명한 전문의들을 여러 명 만났기 때문이다. 초기엔 그래도 큰 소리는 들을 수 있었다. 하지만 시간이 가면서 점점 더 안 들리게 되었고, 난 수없이 〈응? 뭐라고?〉를 되풀이해야 했으며, 아빠는 같은 말을 몇 번씩 되풀이해야 하는 것에 지쳐버렸다. 사실 난 굉장히 아둔한 편이다. 부모님은 날 위해서 청각 장애아 학교를 알아보았다. 하지만 난 완전히 귀가 먹은 게 아니고, 이미 입술 모양을 보면서 사람들의 말을 읽을 수 있었다. 그래서 장애아 학교 입학에서 우선권을 가질 수 없었다. 그러다 보니 나의 학교생활은 아빠 말에 의하면 톱니처럼 들쑥날쑥 불규칙했지만, 아빠가 그렇게 말하면 카멜리아는 너무 과장하지 말라고 지적하곤 했다. 친구 문제만 제외하면, 그 시간은 비교적 빨리 지났다. 여름방학 때 해변학교에서 트램펄린을 할 때도 난 꽤 고생했다. 귀가 잘 안 들리는 나랑 짝이 되려는 애가 아무도 없었기 때문이다. 혹은 가끔가다 장애인에 대한 서비스 차원에서 아주 잠깐씩 상대해 주는 애들이 있긴 했다. 어쨌거나 내 생각엔 그랬다. 그래도 그리 불행하진 않았다. 다만 혼자 커가야 한다는 게 좀 쓸쓸했다. 생각해보면 난 그때 만났던 애들에게 분명하게 말했어야 했다. 눈빛만으로도 난 너희가 무슨 생각을 하는지 다 이해할 수 있다고. 하지만 난 적극적인 태도를 보이고 싶어도 그게 쉽지 않았다. 거의 말을 하지 않고 입을 다물게 된 것이 그즈음이었다. 의사나 선생님들은 친절했지만, 동정심 때문에 나온 친절일 거라는 생각을 떨칠 수 없었다. 난 동정심이 아닌 순수한 관심을 원했다. 첫 번째 수술을 했다. 복잡한 수술이었다. 마침내 성공적인 수술을 하기까지 치료와 수술에서 여러 번 실패했던 기억을 안고 있다. 침묵에 점점 길들어가던 시기도 기억한다. 하지만 난 계속해서 진짜 친구들을 갖길 꿈꿨다. 4년이라는 긴 세월 동안 난 완전히 귀가 먹은 채로 지내야 했다. 다시 청력이 돌아왔을 때, 사람들은 내가 아빠, 엄마, 할머니의 목소리를 듣게 되어 무척 기뻐할 거로 생각했다. 심지어 이종이 짖는 소리에도 감동할 거라고 믿었다. 하지만 내가 정말 원했던 건 친구들을 사귀는 거였다. 그러다 마침내! 나도 친구를 갖게 되었다. 난 여전히 약간 수줍음을 타고 있었는데, 그건 귀가 들리지 않아서 혹시 나도 모르게 울부짖듯이 큰 소리로 말하고 있진 않은지, 이상한 표정을 짓고 있는 건 아닌지 조심하면서 지내온 세월이 무려 4년이었기 때문이다. 청력이 돌아왔어도 내게서 이상한 표정이 사라졌음을 확신하지 못했던 것이다.

그러다 중학교에 들어와서 로만을 만났다. 그 애의 목소리를 듣자마자 그 목소리에 이끌렸다. 그 애는 항상 웃었다. 그 애랑 있으면 마치 바캉스를 떠나는 기차를 탄 기분이었다. 난 급히 그 기차에 올라탔다. 기차 안은 온통 핑크빛이었고, 꽃 모양의 커다란 스티커들이 가득 붙어 있었다. 얼마 되지 않아서 비올레타가 그 기차에 올라탔다. 그래서 우린 셋이 되었다. 그때가 바로 작년이다. 기쁨과 자유! 비장애인들이 다니는 일반 학교. 멋진 친구들. 난 비로소 평범한 또래 소녀가 되는 법을 배웠고, 내 콤플렉스를 잊는 법을 배웠다. 비록 남자애들에 대한 관심은 아직 없었지만…….

나의 신체적 조건, 말하자면 청력 때문에 할 수 없는 건 아무것도 없었다. 다른 애들과 똑같이 체육수업도 받았다. 과거에 귀가 먹었던 경험이 있었지만, 수술 후엔 후유증도 없었다. 다른 아이들과 똑같이 들을 수 있었다. 비록 귀에 보청기를 착용하긴 했지만. 그래서 머리를 하나로 묶는 것만은 한사코 피했다. 그런데 어느 날 일이 벌어지고 말았다. 체육 시간에 선생님이 내게 머리를 뒤로 넘기라고 지시하신 것이다. 처음엔 고개를 푹 숙이고 거부했다. 그러자 반 아이들이 모두 날 바라봤고, 난 선생님의 지시에 끝까지 저항할 만큼 강한 아이가 못 되었다. 거부할 이유를 댈 수 없었던 나는 결국 선생님 지시에 따라야 했다. 모두가 내 보청기를 보게 될 거라는 생각을 하면서 머리를 뒤로 넘겼다. 몇 달 후면 좀 더 작은 보청기로 갈아 끼울 계획이었는데……. 아무도 내 보청기를 보지 못하길 간절히 기도했지만, 아이들이 그걸 못 본다는 건 불가능한 일이었다. 로만이 제일 먼저 보았다. 그리고 그게 뭐냐고 물었다. 난 예전에 귀가 들리지 않았는데, 지금은 청력이 회복되어 가는 중이라고 설명했다. 그러고는 나도 모르게 미리 말하지 않아서 미안하다고 사과했다. 체육수업이 끝난 뒤, 우리 사이에 가벼운 충돌이 있었다. 내가 〈거짓말〉을 했다는 것 때문이다. 로만에게. 비올레타에게. 나의 가장 친한 친구들을 속였다는 것이다. 난 거짓말을 한 게 아니라, 단지 말을 안 했을 뿐이라고 설명했다. 할 수 있는 만큼 나 자신을 변호했다. 그러나 그 애들은 생각을 좀 해봐야겠다고 말했다. 난 뭘 생각해본다는 거냐고 물었고, 그 애들은 이렇게 말했다.

"네가 우리에게 거짓말했다는 걸 알게 된 이상, 과연 계속해서 널 친구로 여길 수 있을지 생각 좀 해봐야겠어."

비비앙 아저씨에게 이 모든 이야기를 하고 났을 때, 아저씨는 곧장 전투에 뛰어들었다. 뭐라고? 수진, 넌 지금 무슨 말을 하고 있는지 아니? 〈자기변호〉를 하다니! 네가 무슨 잘못이라도 했어? 질책 들을 만한 일을 했다는 거야? 넌 변명할 필요가 조금도 없어. 누구라도 그런 상황에선 입을 다물고 있었을 거야. 사과할 필요가 조금도 없었던 거란 말이야.

아저씨는 사과할 필요가 조금도 없었다고 말했다. "비비앙의 말이 옳구먼!" 할아버지가 힘주어 동의하셨다. 이 위기 대응반에 참여하기 위해 조금 전에 도착하신 할아버지였다. 일이 이렇게까지 커진 건, 수요일 저녁에 크레페 집을 나서는 순간 내가 걷지 못하고 주저앉아버린 탓이다. 엄마는 날 일으켜서 자동차 보네트 위에 앉힌 뒤에 부채질을 해줬고, 할머니는 날 안심시키려고 두 팔로 꼭 끌어안아 주셨다. 할머니와 엄마는 나를 부축해서 집으로 돌아오는 내내, 내가 먹은 크레페에 뭔가 이상한 게 들어있지 않았나 되짚어 봤다. 비위생적인 공장형 닭장에서 키운 암탉이 낳은 달걀이었을까? 프라이팬 안에서 거멓게 타버린 버터? 유효기간이 지난 치즈는 아니었을까? 엄마와 할머니는 아주 조그만 가능성도 놓치지 않았다. 하지만 내 몸의 불편함은 소화기관에서 비롯한 게 아니었다. 아픈 건 마음이었다. 말할 수 없는 통증……. 행여 메시지가 있을까 싶어서 핸드폰을 확인할 때마다 점점 더 심해지는 고통. 난 다음 날 아침까지도 아무 말 하지 않았다. 그러다 학교 갈 시간이 되었을 때, 학교에 가지 않겠다고 고집을 부렸고, 엄마는 내가 열이 나지 않는다는 걸 알고도 그냥 더 자게 내버려 두었다. 온종일 날 들볶다시피 해서 문제가 뭔지 토해내게 하는 데 성공한건 할머니셨다. 할머니는 톰과 똑같은 말씀을 하셨다. "잔인한 괴롭힘이로구나". 할머니는 당장 할아버지를 부르셨고, 할아버지는 할머니의 말이 떨어지기 무섭게 달려오셨다. 할머니 마음을 다시 사로잡을 수 있는 〈절호〉의 기회라고 생각하셨을 거다.

난 슬픔을 극복할 수 없어서 침대에 몸을 파묻고 있었다. 가끔 가슴을 찌르는 듯한 통증이 찾아왔다. 폴에게서 문자를 받았지만, 그의 친절한 말투에도 조롱이 섞여 있는 것 같아서 답장하지 않았다. 프란츠를 생각했다. 그러나 난 그가 진짜 사람이 될 수 있을 정도로 그를 강하게 만들지 못했다. 〈네가 미스 스파이크에 선발대회에 나간다고? 넌 장애인이잖아!〉 로만의 마지막 메시지가 날 고통스럽게 했다. 우리의 우정이 막 시작되었을 무렵, 내 보청기를 봤던 비올레타가 〈넌 우리를 배신했어. 우린 서로에게 비밀이 없어야 했는데! 다신 이런 일 벌이지 마〉라고 보내왔던 문자보다 더 나를 괴롭혔다. 그때도 난 미안하다고 사과했었다. 비올레타와 로만은 그 후에도 계속 내게 사기꾼이라는 말을 되풀이했고, 그때마다 난 입을 다물었다. 그러고 나서 얼마 후에 좀 잠잠해졌다. 톰이 나타났기 때문이다. 그 애들은 톰에 관한 이야기를 주고받는 일에 집중했다. 그러면서 나를 다시 받아들였다. 솔직히 내게 우리 셋의 우정은 영원히, 죽을 때까지 가는 거였다. 난 친구들의 기분을 상하지 않게 하려고 항상 조심했다. 그리고 한 번도 그들의 기분을 거스르지 않았다. 스키 방학이 있기 바로 전, 후드티 사건이 생기기 전까지는. 그래도 난 톰과의 문제를 잘 넘어가는 데 성공했고, 친구들과 더 좋은 관계로 나아가는 중이었는데! 목요일 밤에 날 격려하려고 찾아온 비비앙 아저씨에게 이 모든 이야기를 털어놓았다. 사실 난 아무하고도 말을 하고 싶지 않았다. 엄마하고도. 할머니하고도. 할아버지하고도. 아빠도 나랑 전화를 시도했지만, 난 아무 말 하지 않았다. 친구들로부터 받은 상처에 대해서 완전히 입을 닫았다. 〈넌 덤보 귀처럼 생긴 보청기를 끼고도 미스 스파이크에 뽑힐 수 있을 거로 생각하니?〉 목요일 아침에 두 애가 동시에 함께 문자를 보내왔다.

거울을 들여다보았다. 내 어깨에 손을 얹고 있는 비비앙 아저씨가 보였다. 그 모습은 환상처럼 부조리하게 보였고, 아저씨가 "수진, 거울 속에 뭐가 보이니?"하고 물었을 땐, 하마터면 웃을뻔했다. 난 이렇게 대답하려고 했다. 〈엄마의 남친, 내 어깨 위에 놓인 손, 끔찍한 노랑 카나리아 색깔 스웨터〉. 하지만 그건 생각뿐, 난 그냥 어……저……만 하다가 결국 입을 다물어버렸다. 귀 위로 내려뜨린 머리가 눈에 들어왔다. 이것이 아저씨의 메시지인 걸까? 내 보청기가 보이지 않는다는 거? 아저씨가 말했다. "수진, 내가 하는 말을 따라서 해봐. 난 세상에서 제일 예쁜 소녀다!" 거기서 난 웃음을 터뜨리고 말았다. 그러자 엄마와 할머니가 문 뒤에서 안도의 한숨을 쉬는 소리가 들렸다. 내가 아무도 모르게 길고 긴 스트레스의 시간을 보내고 있었다는 사실에 깜짝 놀란 엄마와 할머니는 이상하게도 비비앙을 의지하고 있었다.

난 아저씨가 한 말을 따라 하지 않았다. 아저씨가 다시 한번 재촉했다. "수진, 내 말대로 해 봐. 자, 거울을 들여다보면서 나를 따라 하는 거야. 난 세상에서 제일 예쁜 소녀다!"

세상에서? 그건 좀 심한 거 아냐? 난 여전히 따라 하지 않았다. 하지만 비비앙 아저씨는 양보하지 않았다.

"수진, 넌 자신감을 가져야 해. 그리고 네 주변에서 속살거리는 못된 말들과 맞서야 해. 그런 악한 말들은 앞으로도 항상 있을 거야, 당연해. 중요한 건, 다른 사람들이 그런 말을 못 하게 만드는 게 아니라, 네가 그런 말을 들어도 의연하게 넘길 수 있는 거야. 소위 너의 친구라는 애들 말이다, 그 애들은 널 조롱하는 데 시간을 보내고 있어. 그런데도 넌 그걸 알아차리지도 못했지, 왜 그런지 아니? 네가 자신감이 없어서야."

그 순간 엄마에게 이런 남친이 있어서 너무 좋다는 생각이 들었다는 걸 고백한다. 하지만 충고할 거라면, 나보다는 엄마에게 하는 게 더 좋을 거라는 생각도 했다. 그때 핸드폰이 진동했다. 폴이었다. 〈수진, 네가 미스 스파이크의 결선 후보 세 명에 뽑혔어!〉

내 두 눈에 눈물이 차올랐다. 눈물을 어디에 닦아야 할지 몰라서 비비앙의 노랑 카나리아 색 스웨터에 닦았다. 비비앙이 날 거울 앞에 다시 돌려세웠다. 그리고 말했다. 수진, 어서 말해 봐. 어서!

"난 세상에서 제일 예쁜 소녀는 아니야……. 하지만 미스 스파이크 결선에 나갈 만큼은 예뻐!"

어쩌나 큰 소리로 말했던지, 내가 다시 귀가 먹어버린 건가 싶어서 놀란 엄마가 내 방으로 뛰어들어왔다. 엄마는 미스 스파이크가 뭐 하는 건지 궁금해하면서도 기쁨의 눈물을 흘렸다. 미스 스파이크에 대한 정보를 미리 찾아본 할머니가 그건 그냥 이상한 행렬을 하는 것 이상의 멋진 거라고 설명했다. 미스 스파이크는 축구 클럽의 정신을 상징하는 존재란다. 말하자면 그 클럽의 여신인 거지!

"수진, 난 분명히 마스코트가 아니라 여신이라고 말했다!" 할머니가 강조했다.

할머니의 확신에 찬 어조에서 내가 느낀 건, 앞으로의 내 역할이 지적이기도 해야 한다는 거였다.

24. 절대 몸을 웅크리지 마!

"세 명의 결선 진출자는 수진 도메스토, 엘로디 세말리, 그리고 로자 라크루아입니다!"

앗, 사회자가 내 이름을 제일 먼저 불렀다. 그럼 벌써 떨어진 거나 다름없어. 확실해! 발을 내려다보았다. 난 안짱다리로 걷는다. 그래서 걸음걸이를 고치지 않고 원래대로 그렇게 걷기로 했다. 뽑히지 않기 위해서. 안짱다리로 걷는 것도 모자라서 보청기까지 낀 아이에게 트로피를 주진 않을 테니까. 홀 안에 박수 소리가 가득 찼다. 모두가 무대 앞으로 모여들었다. 내가 축구 클럽에 도착했을 때, 폴은 문 앞에서 나를 기다리고 있었다. 그가 보낸 마지막 문자에 내가 답문을 쓰지 않아서, 미처 알려주지 못한 새로운 정보를 전해주려고 기다렸던 거다. "수진, 네가 뽑혔어! 세 명의 결선 진출자로 말이야! 틀림없이 네가 뽑힐 거라고 믿어. 내가 코치해줄게. 내 말 잘 들어. 이 세 가지를 꼭 기억해야해. 미소를 지을 것, 자신감을 가질 것, 심사위원들을 똑바로 바라볼 것."

흥분한 폴을 보고, 비비앙 아저씨가 그 애의 등을 두드렸다. 아빠도 곧이어 폴의 등을 두드렸다. 그러자 비비앙은 자신이 미래의 새아빠에 불과하다는 걸 떠올렸는지, 아빠가 내게 코치할 수 있도록 자리를 살짝 비켰다. "절대로 웅크리지 마!" 아빠가 말했다. "등을 꼿꼿하게 세우고 미소를 짓는 거야!"

미소를 짓는 게 말처럼 쉬운 일은 아니다. 가장 친한 두 친구가 옆눈으로 나를 흘깃거리며 보고 있었다. 나는 머리카락이 귀를 잘 덮고 있는지 계속 확인했다. 하지만 꿰뚫을 듯한 두 친구의 시선이 너무 날카로워서, 여기 모인 사람들 모두가 나의 장애를 알아차릴 거라는 확신이 들었다. 아침에 엄마에게 그 말을 하자, 엄마는 피가 거꾸로 솟는 듯한 기분이라고 했다. 그러면서 한 편의 시 같은 언어로 내 귀가 얼마나 예쁘게 생겼는지, 엄마가 그 귀를 얼마나 사랑하는지 말해주었다. 그리고 얼마 후면 거의 보이지 않을 정도로 작은 보청기를 착용하게 될 거라는 것과 또 사람은 고막 상태로 평가받는 게 아니라는 걸 상기시켜 주었다. 엄마가 중요한 건 마음이고, 정신이라고 말했을 때는 〈알았으니 제발 잔소리 좀 그만해〉라고 말하고 싶었다. 그건 내가 어렸을 때, 아빠가 늘 엄마에게 하던 말이다. 난 엄마가 날 안심시키려 애쓰는 걸 바라지 않는다. 미스 스파이크로 뽑히고 싶지 않기 때문이다. 만일 내가 미스 스파이크가 되면, 친구들을 영영 잃고 말 것이다. 학교에서 친하게 지내는 친구가 한 명도 없다면 축구 클럽의 스타가 되는 게 뭐가 중요할까! 클럽에 도착했을 때 제일 먼저 알게 된 건, 학교에서 본 얼굴들이 아주 많다는 거였다. 특히 남자애들이 많았는데, 그중엔 톰도 있었다. 톰은 로만과 비올레타와 함께 있었고, 나랑 눈이 마주치자 미소를 지어 보였다. 그리곤 축구 클럽 티셔츠를 전시하고 있는 두 명의 여자애들에게도 미소를 보냈다. 친구들이 옳았다는 결론을 내렸다. 톰은 여자란 여자는 모두 유혹하는 애라는 걸……. 하지만 자기의 유혹이 잘 통하지 않을 때도 전혀 불안해하지 않는다. 나의 두 친구는 날 불편하게 만들려는 듯이 줄곧 나를 흘겨보는 질투 어린 시선과 카이와 마이크를 향한 사랑의 눈길 사이를 쉴 새 없이 오가고 있었다. 비올레타는 아주 크게 웃어서 마이크의 관심을 끌려고 했고, 로만은 카이에게서 눈길을 떼지 않았다. 드디어 〈미스 스파이크의 밤〉의 사회자가 마이크를 잡았고, 홀의 불빛이 약간 어두워졌다. 축구 클럽의 찬가가 울려 퍼졌다. 의기소침해 있는 날 향해서 "저건 클럽의 찬가야!"하고 아빠가 설명해준 덕에 알게 된 거다. 카멜리아가 날 향해 미소를 지었다. 엄마가 비비앙을 향해 미소를 지었다. 난 입을 꽉 다문 채, 스키의 제동 자세를 할 때처럼 두 발끝을 앞으로 모았다. 사회자가 미스 스파이크의 정의를 내려주었다.

"이제 미스 스파이크의 최종 결선에 이른 세 명의 소녀들이 무대로 나와서 여러분께 인사를 하겠습니다. 그런 다음 무대 뒤로 가서 미스 스파이크의 정규 복장인 축구 클럽 유니폼으로 갈아입고 다시 나올 겁니다. 음악을 들으며 짧은 휴식 시간을 가진 뒤에 후보들이 무대로 나와서 심사위원단의 질문에 답하겠습니다……. 다시 한번 말씀드리지만, 미스 스파이크는 미스 프랑스 같은 것입니다! 물론 아름다움을 소유해야 하지만, 그건 정신의 아름다움이지요. 자, 이제 세 명의 결선 진출자들을 불러보겠습니다. 로자, 엘로디, 수진! 어서 무대로 올라오세요!"

엘로디와 로자는 우리 학교 애들이 아니었다. 그 애들은 생기 있는 빠른 걸음걸이와 건강한 모습으로 무대 위로 올랐다. 나도 아빠에게 등을 떠밀려서 그 애들 옆에 섰다. 걸음걸이가 신경 쓰였다. 엘로디와 로자는 나보다 훨씬 예쁜 아이들이었다. 한 명은 금빛에 곱슬거리는 머리가 아주 예뻤고, 다른 한 애는 나처럼 갈색 머리인데, 파란 눈에 예쁜 미소를 하고 있었다. 난 입을 꼭 다문 채, 입술 끝만 살짝 올리는 미소를 지었다. 이빨을 보이고 싶지 않아서다. 솔직히 난 내가 여기, 무대 위에서 뭘 하고 있는지 몰랐다. 그래서 친구들을 눈으로 찾았다. 그리고 그들에게 어색한 손짓을 해봤다. 그러나 실패였다. 그 애들은 화답해주지 않았다. 난 무대 위에 서 있는 게 너무 싫어서 그들이 부러웠다. 갑자기 바람이 불어와서 내 머리카락을 뒤로 넘겨버릴까 봐, 내 귀가 드러날까 봐 겁이 났다. 그래서 어깨를 있는 대로 쭈뼛 올리고 목을 움츠렸다. 그때 엄마 뒤에 서 있던 할아버지와 할머니가 나처럼 어깨를 쭉 올리시더니 마구 흔들면서 어깨를 내리라는 표시를 하셨다. 순식간에 인사가 끝나고 무대 뒤로 가자, 주최 측 사람들이 다가와서 우리가 입을 옷을 보여주었다. 반바지, 클럽 티셔츠, 양말, 그리고 클럽 모자와 스파이크. 축구 클럽의 로고가 마음에 들었다. 갈색의 프랑스 지도 위에 살포시 내려앉은 핑크빛 새 한 마리. 프랑스 지도가 갈색이 아니라 다른 색이었더라면 더 좋았을 텐데. 하지만 핑크빛 새는 마음에 들었다. 유니폼으로 갈아입고 나니 가볍게 화장을 하고 머리를 다듬어야 한다고 했다. 뭐라고? 그 순간 내 안에서 뭔가 뜨거운 것이 치밀었다. 아무도 내 머리를 만질 권리가 없어! 내게 〈작은 문제〉가 생긴 이후로, 내 머리끝을 잘라준 건 항상 엄마였다. "머리를 하나로 묶을 거야. 그게 규칙이거든!" 미용사가 말했다. 난 고개를 푹 숙이고 입을 다물었다. 마음속이 혼란 그 자체였다. 이 사람들은 내게 이런 요구를 할 권리가 없어. 난 떨어지고 싶어, 바로 지금! 사람들 앞에 내 귀를 다 보여주기 전에, 지금 당장! 그러나 미용사가 내 팔을 잡았다.

"수진, 네가 수진이지? 자, 여기 의자에 와서 앉으렴. 어떻게 할까? 위로 바짝 올려서 묶을까, 아니면 조금 내려서 묶을까? 네 얼굴엔 올려서 묶는 게 더 잘 어울릴 것 같다, 어때? 머리 꼬랑지를 모자 뒤의 구멍으로 나오게 할 거야. 그러면 참 귀엽단다."

난 두 손을 귀에 갖다 댔다. 누구든 내 머리카락을 만지게 하고 싶지 않았다. 차라리 보청기를 빼버릴까? 그러면 심사위원들의 소리가 잘 안 들리겠지. 수술 후엔 잘 들린다고 말했지만, 실은 작은 소리는 잘 안 들린다. 말하는 사람의 입술을 읽을 수 있을 때만 정확하게 들을 수 있다. 게다가 내가 잘 아는 사람들의 입술만 읽을 뿐, 모든 사람의 입술을 읽을 수 있는 건 아니다. 지금은 청각이 좋아지는 중이기에, 언젠가는 잘 들을 수 있을 거라고 믿고 있다. 그래서 굳이 입술 읽는 법을 배우느라고 시간을 잃고 싶지 않았다. 더욱이 지금은 보청기를 사용해서 잘 들을 수 있기에 더더욱 그럴 필요가 없다. 난 이 밤을 저주했고, 폴을 저주했고, 여기 모인 사람들 모두를 저주했다. 이 밤과 바꿀 수만 있다면 큰소리로 엄마의 시 100편을 읽는 것도 마다하지 않을 텐데! 이 자리에 더 있고 싶지 않았다. 하지만 내 팔을 잡았던 미용사는 벌써 나를 의자 위에 앉혔고, 난 가장자리에 반짝이가 붙어 있는 별 모양의 거울 앞에 앉고 말았다. 그 여자가 빗질을 시작했다. 난 입을 다물었다. 그리고 어느 순간, 귀에서 두 손을 뗐다는 걸 깨닫곤 고개를 푹 숙인 채 무릎에만 시선을 고정했다. 덜덜 떨리면서 두 무릎이 서로 부딪쳤다.

"꼬마 아가씨, 많이 떨리는구나?" 옆머리를 빗질하면서 미용사가 물었다.

그녀가 내 옆머리를 살짝 손으로 들어 올렸다. 내 귀가 보였다. 하지만 그녀는 아무 말 않고, 아무 변화도 보이지 않은 채 계속 빗질을 한 다음 고무줄을 찾아서 묶고 모자를 씌웠다. 모자가 귀를 덮었지만, 귀밑까지 푹 내려온 건 아니어서, 모자 밑으로 보청기가 살짝 보였다. 내 눈에 눈물이 고였다.

"너무 스트레스받지 마." 미용사가 내 어깨에 손을 얹으며 부드럽게 말했다.

난 기분이 좋지 않을 땐 누구도 날 건드리는 걸 좋아하지 않는다. 안 그러면 모든 게 폭발한다. 출구 쪽을 바라봤다. 결선 후보 동료들은 벌써 준비를 마치고, 우리를 무대로 불러주길 기다리고 있었다. 난 엄마를 봐야 했다. 아니면 아빠라도. 누군가 날 여기서 떠나도록 도와주길 바랐다. 그때 사회자의 목소리가 우렛소리처럼 들렸다. "자, 자, 숙녀분들. 어서 무대 위로 나와서 심사위원들의 질문에 응해주세요! 자, 여러분! 결선 후보자들을 맞이하겠습니다. 수진! 로자! 엘로디!"

어떻게 해야 할지 모른 채, 무대 위에 있는 동료들 옆으로 가서 섰다. 몸과 맘 모두가 불편했다. 가족들을 찾아봤다. 무대 밑에 모여 있는 모습이 흐릿하게 보였다. 분명하게 보이는 한 가지는 엄마와 엄마의 시선이었다. 엄마는 내가 무엇 때문에 힘들어하는지 잘 알고 있었다. 엄마는 이미 오래전에 내 머리카락을 뒤로 넘기는 걸 포기했었다. 그래서 내가 보청기를 숨기고 싶어 한다는 걸 누구보다 잘 안다. 그런데 오늘 난 보청기를 드러내도록 강요받았다. 그런데도 아무 말 하지 못했다. 하지만 난 늘 아빠와 엄마에게 약속하지 않았던가? 사람들이 내게 뭔가를 강요하면 단호하게 거부하겠다고! 나랑 제일 친한 친구들은 보이지 않았다. 비비앙 가까이에 폴이 보였다. 이상한 표정을 짓고 있었다. 아마도 내 귀 때문이겠지. 틀림없이 우스꽝스럽게 보일 거야. 무대 위에서, 사람들 앞에서, 귀를 다 드러내고 있는 나는 우스꽝스럽다. 자, 이게 바로 토요일 밤에 내게 벌어진 일이다.

25. 내가 정말 원하는 것

미스 스파이크로 뽑혔다. 내가……. 만장일치로! 이상하게 들릴지 모르겠지만, 나의 대답들이 심사위원들에겐 적절하게 들렸던 모양이다. 세 명의 심사위원은 축구 클럽의 선수 한 명, 청소년 전화상담자, 클럽 회장이었는데, 그들이 우리 세 명에게 몇 분 동안 몇 가지 질문을 했다. 난 그럭저럭 필요한 말을 했던 것 같다. 너무 과하지 않게, 그렇다고 부족하지도 않게. 장래희망을 물었을 때는 뇌신경외과 의사가 되고 싶다고 했다. 미래가 내게 어떤 의미인지에 대해 구체적으로 설명해달라는 심사위원도 있었다. 난 아주 작은 영역일지라도 세상을 바꾸는 일을 하고 싶다고 대답했다. 모두 깊이 있고 복잡한 질문들이었다. 그런데도 어떻게 내 입에서 그런 명료한 단어들이 나올 수 있었는지 나도 모르겠다. 축구 이야기를 할 땐 〈연합〉, 〈육체와 정신의 건강〉, 〈친구들 사이의 연대의식〉이라는 단어를 썼고, 이어서 우리의 삶 속에서 스포츠가 갖는 중요성에 관해 이야기했다. 지금 돌아보면, 내 속에서 내가 아닌 다른 누군가가 대신 대답해주었다는 생각이 든다. 왜냐하면, 지금은 무슨 말을 어떻게 했는지 아무 기억도 나지 않기 때문이다. 〈다름〉에 대해서 이야기했던 게 떠오른다. 팀이란 각자의 다른 점들이 모여 장점을 이루는 가족 같은 거라는 말을 했던 것 같다. 두 명의 후보들이 어떻게 대답했는진 듣지 못했다. 두 명 모두 나 다음에 대답했는데, 스트레스를 너무 받고 있어서 그 애들의 말이 귀에 들어오지 않았다. 무대 뒤로 돌아갔을 때 사람들이 내 모자와 유니폼 셔츠를 다시 정리해줬던 것만 어렴풋이 기억난다. 스파이크의 끈을 다시 꽉 조여 매고 있을 때, 수상자의 이름이 호명되었다. 처음엔 내 이름을 알아듣지 못했다. 두 번째 호명되었을 때, 누군가의 손이 내 등을 떠밀었다. 얼떨결에 다시 무대 위로 나간 내게 사회자가 꽃다발을 내밀었다. 난 꽃다발 속에 얼굴을 묻었다. 심사위원은 내가 대답을 잘했다며 축하해주었고, 클럽 회장이 내게 짤막한 〈미스 스파이크 헌장〉을 읽어주었다. 그러고 나서 곧 홀 안에 색종이 조각들이 흩날려졌고, 난 어서 빨리 집으로 데려다주길 바라는 마음으로 엄마에게로 달려갔다. 그곳엔 여섯 명의 우리 가족이 기다리고 있었다. 아빠와 카멜리아, 할머니와 할아버지, 그리고 비비앙과 엄마. 모두 내 보청기가 이번 선발대회에서 아무런 영향도 미치지 못했다고 말했다. 할머니가 말씀하셨다.

"내가 그랬잖니, 수진. 그건 귀걸이 같은 거라고. 이 할미 말은 믿어도 돼. 사람들은 네 보청기 같은 건 안 본단다니까! 장애가 있든 말든, 사람들은 네가 똑똑해서 뽑은 거야!"

내가 눈물을 쏟자, 엄마가 날 밖으로 데리고 나갔다. 엄마 품에 안겨서 한참을 흐느끼고 나니, 기분이 훨씬 나아졌다. 엄만 미스 스파이크 헌장의 내용을 상기시키면서, 내가 클럽에서 크고 작은 일이 생겼을 때 꼭 필요한 존재라는 걸 말해주었다. 또 규칙에 관해서도 이야기하면서, 머리를 단정하게 묶는 것도 운동선수에겐 아주 중요한 점이라고 말했다. 그리고 "심사위원들은 너와 다른 후보들 사이에 조금도 차별을 두지 않았어."라고 정확하게 짚어주었다. 그때 엘로디와 로자가 홀에서 나오는 모습이 보였다. 나를 축하하기 위해 다가오는 그들을 보면서, 난 그 애들의 눈에 물어뜯는 이빨이 숨어 있고, 미소 안엔 독이 감춰져 있을 거라는 생각이 들었다. 그래서 굳은 얼굴로 입을 다물었다. 그 애들의 축하 인사에 답을 하지 못한 거다. 그런데 둘 중 한 애가 나더러 청중 앞에서 말을 아주 잘했다면서, 꼭 블로그를 열면 좋겠다고 했다. 그때 폴이 다가와서 나를 포옹하며 축하한다고 말하곤, 손바닥으로 내 등을 한 번, 내 손을 한 번 가볍고 때리고 나서, 온몸을 두 손바닥으로 여기저기 두드렸다. 그러고 나서 연회실로 들어가자고 했다. 난 엄마에게 간절한 눈빛을 보냈다. 제발 날 집에 데리고 가 달라는 눈빛이었다. 불쌍하다는 이유로 뽑았다는 게 부끄러웠기 때문이다. "날 동정해서 뽑아준 거야, 그런 거라고!" 난 분노에 차서 그렇게 외치며 축구장을 향해 내달렸다.

아빠가 우리 집을 떠나던 그날만큼 슬펐다. 그때만큼 아팠고, 그때보다 더 두려웠다. 로만과 비올레타를 영원히 잃었다는 생각 때문이다. 미스 스파이크가 된다는 건 내게 아무 의미가 없다. 가장 친한 친구들과 영원히 떨어져서, 혼자 눈밭 위를 미끄러지고 있는 기분이었다. 로만도 비올레타도 내게 다가오지 않았다. 그러나 이렇게 도망치듯 그 자리를 나오면서도 내가 원한 단 한 가지는 그거였다. 로만과 비올레타가 와서 <브라보>라고 말해주는 것, 그리고 우리의 우정은 영원하다는 말로 날 안심시켜주는 것. 그러나 달려온 건 폴이었다. 그가 나를 억지로 자기 옆에 앉게 했다. 그리고 뭐라고 몇 마디 했는데, 난 여전히 심한 스트레스를 받고 있어서 그가 무슨 말을 하고 있는지 머릿속에 들어오지 않았다. 그저 카탈로그 위에 있는 글자들처럼 몇 단어만 들렸을 뿐이다. 강하다, 예쁘다, 멋지다, 소박하다, 정직하다, 시선, 친절함, 유머, 수줍음……. 폴의 마음이 너그럽게 여겨졌지만, 그 순간에 난 프란츠를 생각하고 싶었다. 그런데 갑자기 루방의 얼굴이 떠오르다니! 카멜리아가 만들어준 사진 때문이었을까, 루방의 얼굴과 함께, 내가 그에 대해서 했던 온갖 못된 말들도 동시에 떠올랐다. 다른 사람들에게 잘 보이고 싶어서, 그 애의 흉을 봤던 거다. 결국, 내 행동도 친구들보다 조금도 나을 게 없었다.

폴이 내 손을 잡았다. 남자애들은 이상하다. 하나같이 문어의 촉수를 갖고 있나 보다. 그때 새 여자친구와 함께 운동장 안쪽으로 달려가는 톰이 보였다. 플뢰르였다. 둘은 마치 다섯 살짜리 아이들처럼 기쁨의 소리를 지르면서 손을 잡고 달렸다. 이유는 모르지만, 괜히 웃음이 나왔다. 그러자 폴이 기뻐했다. 내가 기분이 좀 나아지고 있다고 생각했을 것이다. 그러나 난 곧 다시 뾰로통한 얼굴이 되었다. 어쨌든 사랑하는 두 친구를 잃었으니까. 로만에 대해서 먼저 이야기를 꺼낸 건 폴이었다.

"있잖아, 로만의 동생이 그러는데, 어떻게 너 같은 애가 로만의 친구가 될 수 있었는지 모르겠다고 그러더라. 로만과 넌 정말 서로 딴 판인데 말이야."

난 아직도 심사위원들 앞에, 마이크 앞에 있는 기분이었던가 보다. 폴에게 똑똑하고 분명하게 내 생각을 이야기했던 걸 보면.

"친구가 되기 위해 두 사람이 똑같아야 할 필욘 없어. 차이점은 중요하지 않아……."

"그럼, 왜 그렇게 슬픈 표정인데?" 폴이 물었다.

난 손으로 머리를 쓸어올려서 귀에 꽂힌 보청기를 보여주면서 말했다.

"친구들을 잃고 싶지 않아서 대회에서 떨어지길 바랐거든……."

"걔들은 친구가 아냐." 폴이 대답했다. "넌 항상, 어떤 상황에서도 그 애들을 믿고 의지할 수 있니? 그 애들이 네 편을 들어준 적 있어? 그 애들이 널 이해하려는 노력이라도 해보는 것 같아?"

폴이 일어나서 내 손을 잡아끌며 따라오라고 하더니, 파티장으로 데리고 갔다. 아빠 뒤에 서 있던 카멜리아가 춤추고 있는 사람들 속으로 아빠를 억지로 밀어 넣었다. 할아버지와 할머니는 뷔페 테이블 앞에서 눈과 눈을 마주한 채 밀담을 나누고 계셨다. 오, 좋은 징조인걸. 조만간 알래스카 곰이 통나무 오두막 앞을 지나면서 창문으로 눈요기를 하게 되겠어. 카이, 마이크와 함께 춤추고 있는 로만과 비올레타도 눈에 들어왔다. 그 애들은 내가 있는 쪽을 바라보지 않았다. 카이가 먼저 나를 발견하곤, 그 애들에게 내가 있는 곳을 가리켰다. 그러자 그 애들이 어디서 말 꼬랑지 머리로 묶었느냐고 큰소리로 물으면서 날 향해 걸어왔다.

난 이번에도 괴롭힘을 받는 놀림감이라는 생각이 들었다. 심한 괴롭힘은 아니었지만, 또 항상 놀림감이 된 것도 아니지만……. 돌아보면 그게 평소 두 친구가 늘 내게 부여하는 역할이었다. 그 애들이 웃었다. 그리고 로만의 동생 알렉시스가 다가가자 둘은 더 작은 소리로 소곤거렸다. 그러나 알렉시스는 전혀 웃지 않았다. 오히려 쌍둥이 누나의 멱살을 잡고 뭔가 아주 거친 말을 했는데, 무슨 말이었는지 로만의 눈에 눈물이 그렁그렁 맺혔다. 비올레타도 그 말을 들었다. 나를 바라보는 그 애의 눈썹이 불안한 듯 씰룩거렸다. 왠지 슬픈 표정이었다. 그때 비올레타의 입술이 움직이는 걸 보았다. 〈브라보〉라는 말을 읽은 듯했다. 그때 폴이 뷔페로 가자고 나를 끌었는데, 비올레타가 우리 뒤를 따라왔다. 뷔페 식탁에 초콜릿 분수와 축구공 모양으로 생긴 슈크림들이 있었다. 축구공 모양의 슈크림 위로 흘러내리는 초콜릿을 보고 있는데, 〈놀림감〉이 되고 있다는 두려움이 또다시 스멀거리며 올라왔다. 나를 보자 주변 사람들은 내가 지나갈 수 있도록 모두 길을 터주었다. 내가 디저트 파티가 시작된다는 걸 알려야 했기 때문이다. 누가 내게 호루라기를 내밀었다. 나는 입술 끝만 살짝 올리는 미소를 지은 다음, 호루라기를 불었다. 어찌나 크게 불었던지, 눈을 찌푸리며 어깨까지 올리는 사람들도 있을 정도였다. "우리의 미스 스파이크가 디저트 파티의 시작을 알렸습니다……. 자, 초콜릿 분수를 주목해 주세요!" 클럽 회장이 리얼리티 프로그램의 가수들처럼 마이크를 수평 으로 들고 말했다. 그 순간 갑자기 세상이 환해졌다. 그게 조명 때문 이었는지, 내 이름이 자꾸 호명되어서 그랬는지, 아니면 비올레타가 내 어깨를 잡고 이렇게 말했기 때문이었는지, 나도 모르겠다.

"브라보, 수진! 올해는 내가 너무 바보같이 군 적이 많았지. 정말 멍 청했어. 사과하고 싶어. 넌 멋진 애야. 너만 괜찮다면, 이번엔 정말 진실 한 우정을 나누는 친구가 되어보자. 그동안 내가 너무 못되게 굴었어. 나쁜 애가 되고 싶진 않았는데……."

비올레타가 모든 잘못을 로만에게 돌리지 않아서 정말 좋았다. 뒤 를 돌아보았다. 로만이 카이에게 뭔가 말하려는데, 카이는 엘리도에게 말을 걸고 있었다. 마이크는 벌써 자기 집으로 돌아갔는지, 보이지 않 았다. 그때 클럽 회장이 말했다.

"초콜릿 분수의 첫 접시는 수진 양이 원하는 사람에게 드릴 겁니다! 자, 수진 양!"

폴이 미소를 지으면서 동그란 눈을 굴렸지만, 난 그의 미소를 살짝 피했다. 그를 괴롭히기 위해서 그런 게 아니다. 다만 내가 아직 남자친 구를 만날 준비가 안 되어있기 때문이다. 사랑은 아직 나를 위한 게 아닌 것 같다. 적어도 지금 당장은 아니다. 지금으로선 내게 너무 빠 른 느낌이다. 난 아직 누구의 손도 잡고 싶지 않다. 비올레타의 손만 빼고. 나는 비올레타에게 접시를 내밀었고, 비올레타는 내가 내민 접시를 받았다. 나는 괘념치 않는다. 언젠가는 나도 남자친구의 손을 잡을 것이다, 내 친구들처럼. 하지만 그런 마음이 자연스럽게 생길 때까지 기다릴 것이다.

내 주위에서 꽃피고 있는 사랑을 둘러보았다. 사랑이란 결코 〈작은 문제〉가 아니다. 서로를 향해 눈에 타다닥 불꽃이 튀는 사람들이 있다. 엄마와 비비앙처럼. 아빠와 카멜리아처럼. 그리고 우리 할머니와 할아버지처럼. 각자 자기 방식대로. 저마다의 이야기와 속도와 탄성과 두려움과 〈익숙해짐〉을 갖고서. 서로에게 익숙해진다는 건 아름다운 일이다. 특히 멈췄다가 다시 시작될 때는……. 그렇게 생각한 건, 할머니가 할아버지의 손을 잡았기 때문이다. 이제 두 분은 새로운 길로 들어설 것이다. 두 분은 꼭 내 또래 같다.

로만이 저만치서 혼자 이리저리 돌아다니고 있었다. 사람들은 내 등을 툭툭 치며, 혹은 내 모자를 쓰다듬으며 축하해주었다. 즐거웠다. 하지만 혼자 쓸쓸하게 떨어져 있는 로만에게 자꾸 눈길이 가는 건 막을 수 없었다. 내가 먼저 그녀에게 다가갔다. 그리고 기다렸다. 로만은 자존심이 아주 센 아이지만, 이젠 그렇지 않았다. 그 애도 비올레타처럼 무기를 내려놓았다.

"알렉시스의 말이 옳아. 너한테 너무 못되게 굴었어. 다신 널 놀리지 않겠다고 약속할게. 네 보청기는 전혀 안 보여. 내가 대체 왜 그랬는지 모르겠어. 난 참 끔찍한 애였지. 사과할게."

내가 잡고 싶은 건 로만의 손이었다. 난 비올레타와 로만과 함께 무대 위로 올라갔다. 촬영시간이다. 남자애들과 떨어져서, 무대 위에 설치된 배경을 뒤로하고 서 있는 우리는 즐거웠다. 남자애들도 우리 없이 흥겹고 재미있는 시간을 보내고 있었다. 그들은 우리를 기다려줄 것이다. 지금 우리는 바쁘다. 우리의 우정을 키워가야 할 시간이니까. 앞으로는, 설령 내게 문제가 생기더라도, 이젠 내게 스파이크가 있다. 이젠 미끄럽고 넘어지기 쉬운 눈밭 위에서도 두려움 없이, 의심 없이 서 있을 수 있다. 이젠 심지어 등을 돌리고 뒤로 가는 것까지도 할 수 있다.

내 귀를 잘 덮고 있는 머리카락

1판 1쇄 발행 2019년 8월 19일 **1판 3쇄 발행** 2021년 1월 18일

지은이 클레르 카스티용 **옮긴이** 김주경

펴낸이 남영하 **편집** 장미연 이신아 **디자인** 박규리 **마케팅** 김영호

펴낸곳 ㈜씨드북 **주소** 03149 서울시 종로구 인사동7길 33 남도빌딩 3F **전화** 02) 739-1666 **팩스** 0303) 0947-4884

홈페이지 www.seedbook.co.kr **전자우편** seedbook009@naver.com **인스타그램** instagram.com/seedbook_publisher

ISBN 979-11-6051-290-8(44860) **세트** 979-11-6051-289-2

이 도서의 국립중앙도서관 출판예정도서목록(CIP)은 서지정보유통지원시스템 홈페이지(http://seoji.nl.go.kr)와

국가자료공동목록시스템(http://www.nl.go.kr/kolisnet)에서 이용하실 수 있습니다. (CIP제어번호: CIP2019028641)